沢里裕二

極道刑事《クロデカ》

キングメーカーの野望

実業之日本社

実業之日本社文庫

目次

第一章　治安崩壊

1

午後十時。

いましがたまで藍色だった歌舞伎町《かぶきちょう》の空に、忽然《こつぜん》と暗い雲が張り出してきた。湿気も一段と高くなっている。

こいつは、ひと雨、来るな。

神野《かみの》徹也《てつや》は、背後にいる総勢三十人の若衆を振り向き、一発、活を入れた。

「おめえら、土砂降りになっても、傘なんか差すんじゃねぇぞ」

若衆から、おうっ、と気合の入った声が返ってくる。いずれも、スキンヘッドやオールバックの極道然とした子分ばかりである。

関東舞闘会《かんとうぶとうかい》神野組、今夜、二度目の練り歩きである。

神野を先頭に、肩を怒らせた厳《いか》つい男たちが、歌舞伎町一番街をゴジラビルに向かって行進していた。

そこのけ、そこのけ、神野が通る、の勢いである。

子分たちは、全員大型冷蔵庫のような体型で、見た目にはこれはまるで戦車隊の移動だった。

通りに出ていた潜りの客引きやスカウトたちが、たちまち路地裏へと逃げ込んでいった。

逆に、神野組の息の掛かった店の連中は、この大名行列に対して深々と礼をする。彼らは、自店の軒先から離れないというルールをきちんと守っている者たちだ。

神野も、パナマ帽の庇《ひさし》を軽く上げて、彼らにこたえる。

これぞ極道による犯罪抑止効果だ。

極道が縄張り内をパトロールをしなくなって久しい。二〇一一年に東京都にも暴排条例が施行され、極道が徒党を組んで威嚇行進すること自体が、違法行為とされるようになった。とんでもない条例だ。

その結果、町がどうなったかというと、浄化されるどころか、荒廃の一途をたどることになる。

指定暴力団に代わって、暴排条例適用外の半グレ、海外マフィア、それに調子に乗った素人《しろうと》たちが、好き勝手に悪事を働くことになり、元来、悪党が悪党なりに保っていた秩序が崩壊してしまったのだ。

歓楽街には、極道がいて保たれる秩序というものがある。

例えば、この練り歩き――

文字通り縄張り内に「睨《にら》み」を利かせることで、新規の犯罪者の流入を阻止する効果を発揮している。

小悪党は、より怖い者を知って、はじめて引っ込む習性があるからだ。

顧問弁護士に検察出身の超大物をつけ、逮捕や懲役も恐れず好き放題にやっていた半グレ集団も、極道の復権にはさすがに怖気《おじけ》づいたようだ。

いきなり拉致し、海に沈めてしまう極道に、弁護士は通用しない。歌舞伎町の秩序が徐々に回復されつつあった。

思えば、この十年、半グレには舐《な》められっぱなしだった。

これから百倍返しだ。

神野は、そう腹を括《くく》っている。

関東舞闘会が、歌舞伎町で集団練り歩きを復活させたのは、七月七日からである。社会全体に、誰か、睨みを利かせねば、警察力だけでは、抑止しかねる事態となったからだ。新型コロナウイルスの感染拡大で、突如不況に陥った歌舞伎町で暴動が勃発したのだ。

直接の引き金になったのは、歌舞伎町の開発会社二社による抗争だ。

水や風の世界では、スカウト会社のことを開発会社と呼ぶ。なんとも不動産業界のような呼称だが、ホステス、ホストをデベロップメントするという意味ではこれもまた開発会社に違いない。

ここに所属するスカウトマンたちの引き抜き合いから、路上バトルを繰り返す抗争へと発展してしまった。

キャバ嬢やホストそのものの引き抜き合いではなく、スカウトマンの奪い合いというのが、時代の色を反映させている。

歌舞伎町で感染拡大を受け最初に窮地に立たされたのは、濃厚接触を職業とする風俗嬢とキャバクラ嬢だ。

二月までは、月に百万も稼いでいた彼女たちが四月に入ると家賃も払えなくなるという窮状に見舞われる。

そして彼女たちは家賃以上にヤバイことを抱えることになった。ホストクラブへの売掛金だ。

勢い、忽然と姿を消すことになった。ほとんどが地方の歓楽街への出稼ぎだ。まとまった金を持たねば到底歌舞伎町には戻ってこられないからだ。

この顧客のいきなりの「飛び」に面食らったのが、歌舞伎町のホストたち。客が飛んだ場合、回収責任が担当ホストにあるというのは、ホストクラブも銀座《ぎんざ》のクラブと同じだ。店の運営者から尻にダイナマイトを突っ込まれた状態になったホストは当然血眼になった。

次第に客と個別に店外で会う、裏引《うらっぴき》が横行する。

本来ご法度のはずの裏引を、この時期に限っては店も後押しした。表向きは、タヌキ顔の都知事の要請に従い休業し、裏ではホストを店外で働かせ、上納金を入れさせ始めたのだ。

それでも客のパイは一気に減っているのだから、壮絶な客の奪い合いとなった。緊急事態宣言が発出された四月七日以降、明け方の花道通りで、客を奪った、奪われたと、ホスト同士の殴り合いが多発しはじめた。

だがこれは抗争のプロローグに過ぎなかった。

五月下旬。緊急事態宣言解除後に、歌舞伎町では、スカウトマンたちの引き抜きという異常事態に発展した。

スカウトマンは、夜の街の裏方の中でも、重要な存在だ。

キャバ嬢やホストといったキャストを単に発掘、引き抜くだけではなく、その後の精神的なカウンセラーも担っているからだ。

嬢《おんな》や水男《ホスト》というキャスト側も、自分を発掘し店とその間に入ってくれたスカウトマンには一目置いているのが実情だ。

つまり有能なスカウトマンをひとり抱えていれば、数十人ものホストを動かせることになる。

スカウトマン——昔の極道に言わせたら女衒《ぜげん》である。侠客《きょうかく》商売にあって、一段も二段も格下の仕事だ。

だが、これこそ、いまどきの半グレにとっては、大きなビジネスとなっている。

夜の街を制するには、まずはスカウトからだ。

スカウトマンの引き抜きによる両社の抗争は熾烈《しれつ》を極めた。

半端なガキたちほど、退くことを知らない。

そしてついにその半グレ同士の喧嘩《けんか》に、一般人が巻き込まれ、重傷を負うという凄惨な事件が起きてしまった。

しかも警察が出動したときには、すでに後の祭りで、一般人とやられた方の半グレが血にまみれて道路に転がっているというありさまだった。

神野組の若衆が、双方の半グレ集団を相手に仲裁に入ったが、片方に逆切れされて、半グレたちに滅多打ちに遭うという事件にまで発展した。

事ここに至って、神野はキレた。

六月一日。

半グレごときにこうまでされては、日本は終わると考えた神野は【歌舞伎町異常事態宣言】を発出する。

神野組による半グレ狩りが始まった。

双方の半グレやスカウトマン、ホストを兼業している半グレの隠れメンバーたちを路上で半殺しにした。

セントラルロード、一番街、あずま通り、区役所通りのそこかしこに、血まみれで気絶した男たちが転がった。半グレと本職の圧倒的な力の差を見せつけるため、特に目立つように、マトにかけた男たちは、真っ裸にして、全身を滅多打ちにした。

警視庁のサポートもあった。

極道がスカウトを暴行しているとの通報にも、警察官は、必ず少し遅れてやって来るのだ。

ほとんど大勢が決まったところで、セコンドからタオルを投げ入れるように、割って入ってくるやり方だ。若い衆は、連行されるが、取調室で、煙草《たばこ》と茶を供され、ポーズとして三時間雑談するだけで、帰された。

すべては、関東舞闘会の総長、黒井《くろい》健人《けんと》と警察庁幹部との談合の結果である。与党ヤクザ、関東舞闘会にしかできない芸当である。

二つのスカウト会社の経営者は、海外へ逃亡し、歌舞伎町の秩序は回復されつつあった。

当面の間、新宿《しんじゅく》東署も、神野組の歌舞伎町実効支配を黙認してくれる気配だ。

練り歩きは、一番街を抜けるとゴジラビル前の広場を横断し、花道通りへと向かうと決まっている。歌舞伎町一丁目と二丁目の狭間《はざま》の通りだ。

ちょうど花道通りに入ろうとしたところだった。

角の歌舞伎町交番から、警察官がひとり飛び出してきた。

「おいこらヤクザ、あんまり警察を舐めたような態度で歩いてんじゃないぞ。さっさと解散しろっ」

駲染《なじ》みの菊池卓也《きくちたくや》だ。

まだ三十前の地域課巡査長。二重瞼《ふたえまぶた》に鼻筋の通った精悍《せいかん》な顔つきだ。蒸し暑さのせいで、制服の肩と背中にたっぷり汗染みが浮かんでいる。

「お役目ご苦労さんで。俺ら、もう帰り道です」

神野は、トレードマークのパナマ帽を取って、角刈りの頭を下げた。

子分たちのほうは、胸を反らせ、交番の周囲を歩く者を威嚇したままだ。「何見てんだこら」と声を張り上げている子分もいる。

その喧騒を利用して、

「神野組長、第一光秀《みつひで》ビルの『キングスロード』をお願いします。自粛要請をはねつけて堂々と営業しているんです。それも密着接待との情報ですが、我々は、強制力を持たないもので」

と菊池が、頭を下げた神野の耳もとで囁《ささや》いてきた。

キングスロードは、比較的新しいホストクラブだ。

「それは、堪《たま》りませんね。はい、はい、うちらはまっすぐ帰りますので、ご安心を」

パナマ帽を被《かぶ》り直し、子分たちに叫んだ。

「おう、巡査長さんからの指導だ。走って帰るぞ！」

「帰るぞ！」は「殴りこむぞ」の意である。これに「走る」が付くと、急げ、叩《たた》き潰すぞ、という意味になる。

神野たちは、区役所通りに向かって一斉に走った。

怒声を上げながら、全力疾走する極道集団の姿は、それだけで凶器に映る。道を歩く者たちが、路端《ろたん》へと飛びのいていく。

ACB《アシベ》会館を過ぎたところで、雷鳴が轟《とどろ》いた。同時に大粒の雨が降って来た。

「気合入れて、行くぞ。おらぁ」

雨に打たれながら叫んだ。

「おうっ」

気合の声が返ってきた。

神野は、パナマ帽を目深に被り、走りの速度をさらに上げた。

雨足も速くなる。

神野たちはずぶ濡《ぬ》れになりながら走った。

風林会館のやや手前の小路を、二丁目側に曲がったところで、第一光秀ビルが、見えた。灰色のかなりくたびれたビルだ。ビルの上方の壁面にはホストが居並ぶ大型看板が設置されていた。

最上階の八階に構える『キングスロード』の看板だ。

神野は、その看板を指し、パナマ帽を雨中の空に、放り投げた。

背後で、さらに気合の入った声が上がった。武闘派の部下たちのテンションは最高潮に上がっている。

2

第二光秀ビルの二台のエレベーター、非常階段の三手に分かれて、まず二十人余りが、八階の狭い通路に集合した。

一階に十人残してきた。

武器は手にしていない。丸腰で入った方が、後々、警察にも言い訳が立つ。凶器準備集合罪が加わるか否かでは、だいぶ違ってくる。

極道は『ステゴロ上等（素手でゴロをまく）』が基本だ。やたらと道具を持ちたがる半グレとは、喧嘩師としての格が違う。

しばらく、通路で、全員が息を整えた。

逃げ道は塞いである。あとは、慌てず、体力と気力を整えてから乗り込むべきだ。

「カシラ、俺ら、もういけますよ」

神野組の切り込み隊長、内川朝陽《うちかわあさひ》が、一重瞼をさらに細め、両肩を回しながら言う。いつでも血の匂いがする男だ。

「おめぇは、スキンヘッドだから、ひと拭きすりゃいいだろうが、俺はまだだ。ちょっと待て」

神野は、少し濡れた髪を、子分が出したタオルで拭きながら答えた。雨水が耳殻《じかく》にまで入り込んで、聞こえが悪い。

スキンヘッドの子分たちは、全員スーツの袖で、頭を拭いているが、射精した後の亀頭をティッシュで拭いているようで、その様子は滑稽だった。ここで笑うと、士気にかかわるので、堪《こら》える。

気に入っていたブルックスブラザーズのスーツもたっぷり雨水を吸っていた。だが戦闘用には、これでいい。相手により威圧感を与えられる。

「一番槍《やり》は、自分でいいですか？」

内川が、口を開いた。前歯も奥歯も光った。シルバーの総入れ歯だ。ナイフのように歯の先を尖《とが》らせている。刃先ではなく歯先が凶器の男だ。

「あぁ、任せるよ」

神野は顎をしゃくりながら言った。内川に喧嘩で勝ったのは、いまのところ神野しかいない。それもきわどい勝負だった。捨て身で放った肘撃ちが、偶然、内川の耳の真横で炸裂《さくれつ》しただけのことだ。頭蓋に通じる急所だった。あれがなければ、内川の頭突きを食らって、自分の顎が砕け散っていたかも知れない。

勝負のアヤとはそんなものだ。

それが縁で、歌舞伎町の素人ゴロまきだった内川は神野の盃《さかずき》を受けた。関東舞闘会流の特殊な盃だ。

キングスロードの扉の奥から、薄っぺらいユーロビートの音とシャンパンコールの合唱が聞こえてきた。

「カシラ、頃合いじゃないすっか？」

真横に立っていた鷺沼正芳《さぎぬままさよし》が言った。神野組の若頭格だ。正式な若頭は置いていない。神野自体が、関東舞闘会本家の若頭であるため、子分たちには、組長《オヤジ》ではなく若頭を意味するカシラと呼ばせているからだ。

総長の黒井健人を前に、オヤジなどと呼ばれたくはない。

歌舞伎町と渋谷円山町《しぶやまるやまちょう》を縄張りに組を持たせてもらったが、神野としては、関東舞闘会本家の若頭意識の方が強い。

黒井とは本家総長とか若頭とかいう極道の立場を超えた関係にあるからだ。

実のところ、お互い、非公開の国家公務員である。

「よしっ、この店、潰すぞ。ホストの鼻をへし折ってやれ」

神野が吠《ほ》えた。

「うっす。俺ら、イケメンってやつが、超気にいらないんで」

そういって内川がいきなり扉を開けた。

店内から、ユーロビートの音が洪水のように溢《あふ》れ出てくる。

内川に続き、神野、鷺沼も入る。背後から二十名の組員がなだれ込んできた。

「こらぁ、うちのシマで、勝手に営業してんじゃねぇぞ」

内川が第一声をかます。

店は、五十坪ほどの中規模店。ホスト二十名程度に女性客が七名だった。ひとりの女性客に三人のホストがついている勘定だ。

密着して座り、たった今まで、ハイテンションでトークをしていたのがありありだ。女性客の大半が超ミニスカート姿。パンツを見せて、ホストを挑発しているようだ。

ホストも女性客も、突然現れたずぶ濡れの極道たちを前に、声を失っている。まだ、映画でも見ている気分だろう。

いずれ、現実だと気づく。

やたらとテンションを煽《あお》るユーロビートだけが響きわたる。

こんなちゃちな音を聞かされていると、喧嘩まで安っぽく見えてしまう。

「音がうるせぇよ」

神野が、鷺沼に囁くと、子分のひとりがすぐにカウンターバーの中に飛び込み、有線放送のスイッチを切った。

店に殺伐とした空気が立ち込める。

カウンター横の「STAFF　ONLY」と書かれた扉が開いて、運営スタッフと思われる、四十歳ほどの男が飛び出してきた。

雇われ店長らしい。

「あの、俺ら、新王《しんおう》連合にケツ持ってもらってるんですけど」

スカイブルーの光沢のあるスーツを着込んだ、色白の男だ。髪型はホストと違い、普通のツーブロックにしている。堅気風に装っているが、半グレ第一世代だろう。

暴走族上りのガキも、もう四十代になり、いっぱしの実業家ぶる奴が多い。

「そういう、お前が新王連合だろうが」

内川が、まず一発頭突きをかました。

四十男の額に決まった。男は、かっと目を見開いたまま、頭を抱えて、床に崩れ落ちた。脳震盪《のうしんとう》を起こしたに違いない。内川の頭突きは、コンクリートの電柱並みの威力だ。

他の子分たちが、雨水だらけのスーツ姿のまま、ソファで接待中だったホストたちに襲い掛かった。

「だから、そんな密着は、サユリがダメだって言っているだろう」

黒髪をオールバックにした子分の松本修《まつもとおさむ》が腕を振って、拳をホストの鼻に叩き込む。何かがずれる音がした。

「うわっ」

殴られたホストは、鼻を押さえて一瞬沈黙したが、すぐさま、絶叫した。

「痛《い》てぇ、痛てぇよ。あぁああ」

ホストが床に転がり、のたうち回った。

隆鼻《りゅうび》用のシリコンプロテーゼが皮膚の下でずれて、猛烈な痛みに襲われたのだ。

麻酔なしで、歯を抜かれたような痛みのはずだ。

神野の言った『鼻をへし折れ』は、象徴的な意味合いだけではなく、物理的な苦痛を与えることを意味していた。

同じように、子分たちは、ほうぼうのホストの鼻梁《びりょう》を狙い撃ちにした。面白いほど効き目があった。ホストが次々に鼻を押さえ、床に転がっていく。それだけ、隆鼻手術を受けている者が多いということだ。

「あんた、優斗《ゆうと》になんてことするのよ」

女性客のひとりが、シャンパンボトルを手に松本に襲い掛かってきた。目が血走っている。

「気を付けろ、その女、キメてんぞ」

神野は松本に声をかけた。極道に挑んでくるなどという無茶をするのは、すでに薬物で覚醒してしまっている証拠だ。

「おっと、そんなら一発貰《もら》って、一発返しましょう」

松本が、額を突き出した。松本は中途半端な長髪の上に雨でぬれてしまっているので、まだ髷《まげ》の結えない相撲《すもう》取りのような頭だ。

その額に、ボトルが激突する。ボトルが木っ端みじんに飛び散った。まるで三十年前のプロレスショーだ。

松本は、ガラスの破片を額に付けたまま、にやにやしている。

「ヤクザに、つっかかったんだ。覚悟してんだろうな」

松本は一歩前に進むと、恐怖に顔を引き攣《つ》らせた女の白いミニスカートの裾を、太い手で、思い切り引いた。

「いやぁあああ」

腰骨からミニスカートが、するりと抜けて、床に落ちた。

「いやぁあああ」

下半身丸出しになった女が、腕を胸の前で合わせ、太腿《ふともも》を捩《よじ》った。可哀《かわい》そうなことに紐《ひも》パンだった。

松本が見逃すはずがない。即座に、両サイドの紐が解かれた。パンティの前後がハラリと倒れ、小判型の茂みが鮮やかに暴露された。

「いやぁああ、見ないでっ、誰か助けてよ」

「あぁあ、見えなくしてやるよ」

松本が女を抱き寄せ、股間にズボッと指を押し込んだ。三本まとめて、だ。

「痛いっ、そんないきなり入れたら、優奈《ゆうな》の穴、壊れちゃうじゃん」

「壊してやるよ」

松本は、みずから優奈と名乗った女の肉裂に指を差し込んだまま、ひょいと抱え上げ、肩に乗せた。松本の顔の横に優奈の尻山が見える格好だ。指はフックのように、女陰に挿し込んだままだ。

「内川の兄貴、あとで、この女の穴に、頭を突っ込んでやってください」

オールバックの松本が、スキンヘッドの内川に言った。

「バカ野郎。俺の頭は亀頭じゃねぇ。だが、入れてみるのも悪くねぇな。物心がついてからこのかた、肉眼で膣《ちつ》の中を、見たことねぇしな」

内川が言った。窒息するに決まっている。

と、そのとき、入り口から十人ぐらいの若者が飛び込んできた。いずれも洒落《しゃれ》たスーツを着ていたが全員、金属バットを持っていた。新王連合だろう。

一階の入り口には、新王連合の応援部隊が来た時に備え、十人ほどを待機させているので、こいつらは、他の階の休業中の店で、待機していたということだ。いずれにせよ、このビルが新王連合の根城のひとつということだ。

先頭の男が言う。

「ヤクザがでかい顔している時代は、とっくに終わってんだよ。お前ら、徒党を組んで入店した時点で、威力業務妨害だろうが。いま警察に電話したからよ」

黒のイタリア製らしい細身のスーツを着て、両サイドだけを刈り上げにしている男だった。

「悪党同士の喧嘩に一一〇番かよ。世の中，変わったもんだ」

内川が、ずいと前に出た。

動いただけで、風圧を与えたようだ。黒いスーツの男が一歩下がった。顔が恐怖に歪《ゆが》んでいる。

「こっちは正当防衛だからな」

いきなり金属バットを振り翳《かざ》してきた。

内川が、ほんのわずかに身体《からだ》を左に寄せて、顔の前を右ひじでブロックした。その腕にバットは垂直に落ちる。

骨が折れる音がする。

「へぇ。先に手を出したのは、そっちだよね」

内川が、腕を摩《さす》る。

「ばっちり、撮影してある」

いつの間にか鷺沼がスマホを翳していた。

「ということは、こっちが正当防衛だよな」

すかさず内川が、黒のスーツの男に、膝蹴りを見舞った。巨木のような膝が、腹部にめり込んでいく。

「くえぇ」

黒のスーツの男が口から灰色の液体を吐きながら、前のめりに倒れてくる。突き出た顎に、左のアッパーカットを見舞う。

黒のスーツの男は、声を出せずに反転し、背中から落ちていく。

「河村《かわむら》さんっ」

背後にいた新王連合の連中が倒れる黒スーツを抱えながらも、金属バットを突き出しながら、一気に襲い掛かって来た。

いずれ警察がやってくるので、それまで凌《しの》ぐつもりだろう。

「警察は、いま忙しいらしいぞ」

最前線にいる内川と松本が応戦するために、一歩前に出る。松本はキマっている半裸の女を肩に担いだままだ。

それを武器に使った。

「これでもくらえよ」

女を、男たちの群れの中に放り投げた。新王連合の男たちはどよめいた。ゲロをまいたまま倒れ込んできた仲間に加えて、下半身剝《む》き出しの女が、上から降ってきた格好だ。

「なんだこりゃ」

そのうえ、女は秘孔から指を抜かれた瞬間に大失禁した。四方八方に尿が飛んでいく。

「わっ、汚なっ」

ゲロの次は尿の飛沫《しぶき》だ。強者《つわもの》たちも、気持ちが萎えるだろう。人は、パンチを食らうよりも、ゲロや尿を浴びることを本能的に嫌う。

「いやあぁあああああ」

続いて、女が叫び、周囲の男たちに、闇雲に襲いかかった。これは、恐怖に煽られた薬物中毒者の必然の動きだった。

キメた人間の体力は計り知れない。しかも、痛感を失っているので、殴り返されても、怯《ひる》まない。

松本はいわば、敵中に爆弾を投げ込んだに等しい。

「このくそ女、頭《ドタマ》かち割ってやらぁ」

顔面に小水を食らった男が、女の頭上に金属バットを振り上げた。

「おい、半グレっ。バットでその女をやったら、即刻死ぬぞ。集団暴行における殺人は、いくらおめぇらが立派な弁護士を付けても、全員十年は食らうぞ」

神野が冷静に伝えた。

金属バットを振り上げた男の腕が微《かす》かに止まる。その顔に、恐怖の極みに陥った女がゲロを吹きつけた。

「うわっ」

女はそのまま、店を飛び出していく。それは放置した。シャブ中は、かまうとややこしい。

「あんまり見たことのない修羅場になりましたね」

真横で鷺沼が渋い顔をした。

整形が崩れた鼻を押さえて転げ回るホスト、ゲロを噴き上げながらのたうっている新王連合のリーダー格。ゲロと女の小水に塗《まみ》れて、飛びのく半グレメンバーたち。

「俺も、こんなのは初めてだ。極道の出入りじゃねぇよ」

神野は鼻をつまんだ。

新王連合の連中は、待てど暮らせど、警察が来ないので、じりじりと後退し始めた。

「ゲロ撒《ま》き男を担いで帰れや。店はこっちが仕切る。これ以上、妙な真似《まね》をするんじゃねぇぞ。ビルの前もうちの者《もん》が固めている。加勢なんか連れてきたら、こっちも百人単位で勝負するからな。本職、舐めてんじゃねぇぞ」

神野が睨みを利かせながら、言葉を投げつけた。

関東舞闘会本家若頭としての貫禄《かんろく》に、新王連合のメンバーがさすがにたじろいだ。

舌打ちをしながらも、まだ身体を引きつらせている黒いスーツのリーダー格の男をふたり掛かりで、運び出して行った。

店長とホストと女性客が残った。女性客たちは、一様に口を噤《つぐ》んでいる。

3

神野は、まだ脳震盪を起こしたまま仰向《あおむ》けに倒れている店長に、水代わりにドンペリのゴールドを注いだ。

「うっ」

頭を振りながら半身を起こした。

「名前は？」

無遠慮に聞く。

「シローです」

「聞いてんのは、本名だよ」

「あっ、織田史郎《おだしろう》です。歴史の史です」

「そうか。織田君さぁ、今日からこの店、俺たちが面倒みるが、お前どうする？」

「いや、はぁ、自分は、新王連合の仲間なんっすけど……」

口ごもっている。

神野がしゃがみこんで、

「うちの組に入るんなら、俺が、新王連合と話をつけるぜ。たとえお前が偶然転んで膝をすりむいても、俺たちは新王連合の仕業だと判断するってな」

「でも、いったん入ったら、組は抜けられないんですよね」

織田は肩と唇を震わせている。

「一生面倒見るのが、うちのシステムだ」

神野が低い声でそう言うと、織田の眼の縁が引きつった。短い間隔で三度瞬《まばた》きをしている。

その後、観念したように頷《うなず》いた。

神野は破顔した。

「よし。そしたらまず、ここにいる俺の子分の誰かと兄弟になってもらう。織田としては誰がいい？」

「えっ？　自分が決めるんですか？」

「そうだ。兄弟を選ぶ権利はお前にある。うちのやり方だ」

織田は、不思議そうに周囲にいる組員たちを見渡した。それぞれが、にやにやしながら、織田を眺めている。織田の顔に懊悩《おうのう》が見て取れた。

「そんなものは直感で決めろよ。そいつがお前の面倒を見ることになるんだ。世の中所詮、運だ。自分で見極めろ」

神野が詰め寄った。誰も口出ししない。女の客たちは、恐怖に顔をひきつらせたままだ。

「あの、それでは、自分に頭突きをした、そこの方を」

織田が内川を見やった。内川がガッツポーズをする。

「よし、決まりだ。織田と内川は兄弟だ。それで、この中にお前がやった女はいるか？」

神野が聞くと、織田はかぶりを振った。この反応は正直なものと見る。

「だったら、お前がやった女を、いますぐここへ呼べ」

「はい？」

織田が怪訝《けげん》な表情を浮かべた。

すかさず神野は、その頬に平手打ちをくれてやる、店内に乾いた音が響いた。

「白いものでも、親が黒と言えば、黒なんだ。あぁ？　正座して、今すぐ呼び出せや」

神野が再び凄《すご》む。五年前に、さんざん黒井から仕込まれた鬼の形相だ。

織田が尻のポケットからすぐさま、スマホを取り出し正座した。がたがた震える手で、電話帳を開け、誰かにタップした。

神野は、その名前を覗き込んだ。

「七海《ななみ》。俺だ。店にちょっと来てくれないか。あぁ……店はもう終わりだ。会いたいんだ」

受話口から、女の弾む声が漏れてきた。

「千駄ヶ谷《せんだがや》からタクシーで来るので、二十分ぐらいだと思います」

「どこの女だ？」

「いや声優です」

織田が、躊躇《ちゅうちょ》せずに答えるようになった。

「有名人か？」

神野は、にやりと笑いながら内川を見上げた。内川も口元を緩めている。

「いいえ、まったく無名です」

織田が即座に返してきた。これも正直と見る。

「そんな女がこんな、バカ高い店にどうやって来れる？」

「最近は、ウグイス嬢をやった縁から、選挙の仕事を手伝っているようで、本業とは別な収入があるらしいんです」

「ほう。そりゃ、美味《おい》しそうな案件だな」

神野は目を光らせた。

「いや、七海……フルネームでは東川《ひがしがわ》七海って言うんですが、彼女は選挙に関しては、聞いてもあまり言いたがりません。自分らは、客の仕事や過去については、根掘り葉掘り、聞きません。みんな訳ありに決まっていますから」

織田が真剣が顔つきで言う。それなりに夜の商売には精通しているようだ。男がキャバクラに通う時に、己を誇張してみせるのと同じで、ホスクラに来る女も、自分の身辺を脚色して語るのだろう。

とりあえず七海という女が来るのを待つことにした。

織田と一緒に、カウンター背後の狭い事務所に入ると小型金庫があった。開けさせると百万円札の束が、三束ある。神野は取り出した。

「残っている女たち、このあたりの店のものか？」

「様々です。さっき放り投げられた女は、吉原《よしわら》のソープ嬢。残っているのは歌舞伎町と池袋《ブクロ》のキャバ嬢とデリヘル嬢です」

「わかった。迷惑料を出す」

神野は札束を持ったまま店内に戻り、客たちに向き合った。

「お客さんたちには迷惑をかけた。慰謝料として一人五十万と、ホストを一晩つける。それで、勘弁してくれないか」

客に向かって深々と頭を下げた。女たちは腰を引いて、背筋を伸ばした。ヤクザの組長が、きちんとけじめを取ろうとしているのだ。断れるわけがない。

「はい」

と一番奥の席の、やや地味なＯＬ風の女が、まず返事をした。切れ長の目で古風な顔立ちの美人だが、どこか薄幸さも漂う女だ。

織田に視線を送ると「池袋《ブクロ》のデリヘルです」と小声で教えてくれた。名前は多恵《たえ》だそうだ。

その多恵が応諾すると波を打ったように、他の女たちも、神野の案に同意した。

すぐに鷺沼が、札束の帯封を切り、五十万ずつに分けて女たちに配った。

「同意したからには、表でべらべら喋《しゃべ》らないことだ。あなたらのことを追いかけるのは、俺たちとしては訳ねぇことだ。わかるな」

神野が恫喝《どうかつ》を入れた。女たちはみな蒼白《そうはく》になって頷いた。

「なら、床に転がっている男の中から、好きなのを持ち帰れ。何人でもＯＫだ。連れて行った先で、殴ろうが、踏もうが、抱こうが勝手だが、明日の夜には元気に歌舞伎町に戻してやってくれ」

神野は、再度、頭を下げた。

「私、翔《しょう》君連れて帰ります」

手前の席にいた、くっきりした顔立ちで、欧米系かと思うようなむっちりした体つきの女が、自分についていたホストを抱え上げた。織田がまた耳許《みみもと》で「歌舞伎町のキャバ嬢でマリです」と囁く。

ホストは瞬間的に顔を顰《しか》めた。まだ鼻が痛むのだ。

「大久保《おおくぼ》の外科に連れて行ってあげる。他の人も、良かったら、私が紹介するけど。夜中でも医者がいるのよ」

　マリが言った。大久保や千駄ヶ谷にはその手の医院が結構存在する。アンダーグラウンドで働く人たちを顧客とする開業医だ。性病、中絶、弾丸の取り出し、皮膚の裂傷縫合。何でもやってくれる。

「じゃぁ、私の担当もお願いしたいんですが」

　同業者らしい女が、ホストの手を引きながら依頼している。この業界では気にいって指名し続けている相手を「担当」と呼ぶ。アイドルオタクの用語から派生した呼称だ。

「和也《かずや》君と輝彦《てるひこ》君も一緒に連れて行ってもいいですか」

　残りの女たちも、自分の指名相手やそのヘルプを気遣っている。神野の思惑通りだ。渡した五十万は、その治療費も含めたつもりだ。物わかりのいい客たちばかりで助かった。

　結局、ホスト全員が女性客に持っていかれた。鼻の復元は、シリコンプロテーゼのずれを直すだけなので、医者なら一瞬のことだ。

　その後は、腰が抜けるほど、セックスすればいい。

店には、織田と神野組だけが残ることになった。神野は、内川と織田以外は、一階下の空き店で待機するように命じた。

4

「シローちゃん。なんかビルの前に、ヤクザっぽい人たちが何人かいたけど、なんかあったの？」

扉が開き、東川七海という女が入ってきた。

声優というが女優でもおかしくないほどの美形だった。マロンブラウンのセミロング。背が高くスレンダーである。地味な黒のスカートスーツが、逆に妖艶さを際立たせているようだった。

パンストも黒い。

ホール内のソファには織田がひとりで座っている。

上着とネクタイは外してある。ワイシャツのボタンをふたつ外して、くつろいだ雰囲気を演出している。

神野と内川は、カウンター奥の事務所に隠れ、いくつものモニター画面を覗《のぞ》き込んでいた。ホールの壁のあちこちに付けられた防犯カメラから送られてくる映像で、ふたりの様子が確認できるのだ。音声は天井のマイクが拾っている。本来は、織田が従業員の働きぶりを監視するために取り付けたようだが、いまは自分が監視されている。

七海を見て、内川が生唾を飲んだ。

「やばい人たち同士の揉《も》め事さ。夜の街は、いま混乱だらけだよ。まったく商売にならない。半年前までは、朝までどんちゃん騒ぎが出来たのに、いまじゃ、都庁がホスクラを目の仇《かたき》にしている」

織田は、神野に命じられた通り、演技している。

「シローちゃんも、たまらないわね」

七海が横に座り、織田が、用意していたフルートグラスにシャンパンを注《つ》いだ。

「プライベートタイムだ。飲んでよ」

「いただくわ。午前零時超《てっぺん》える前に閉めちゃうなんて、ありえないよね」

ふたりが乾杯した。

「今月で閉めようかと思う」

織田が、渾身《こんしん》の流し目をくれながら、言っている。神野が書いた台本だ。

「そこまで、追い詰められてんの？」

七海が、心配そうな顔をして、織田に肩を寄せた。女房気取りだ。

「もう、五年分の稼ぎをすべて吐き出したよ。月末に引き落とされるここの家賃が落ちない。酒屋のつけも無理だ。となると俺たちは、ひたすら怖い人たちに追いかけ回されることになる。だから、むりやり営業していたんだけど、客足はぱったりだ」

実際はそこそこ客は入っているが、隠させた。

「いったい、経費ってひと月にいくらかかるの？」

背中を織田の胸部の右半分ぐらいにもたせながら、七海はグラスを口元に運んでいる。

「こんな中程度の店でもひと月二千万はかかる。月の売り上げが一億あって、トントンなのが普通さ。タヌキ顔の都知事が言う協力金五十万なんて、まったく非現実的だね」

「そうよね、この店で、オールでシャンパンタワーやったら、それだけで百五十万吹っ飛ぶものね」

オールとは店内のホスト全員が、ひとりの客のために勢ぞろいし、囃《はや》し立てることだ。この間、他の客の席にはホストが居なくなる。刹那のことながら、客は店を独占した気分になる。

　七海は経験があるようだ。

「それがホストクラブというものだ」

「私、プロデューサーに相談してあげる。ひと月分の二千万ぐらいなら、どうにかなるかもよ。それでしのげない？」

「プロデューサーって、アニメとかのか？」

　織田がさりげなく聞いた。このあたりの話術はさすがだ。神野組クロサギ班で使えそうだ。クロサギとは、プロの詐欺師を嵌《は》める班だ。

「ううん、違うの。選挙プロデューサー」

　七海がさらに背中を押し付けている。織田の両手が腰に回った。

「七海の会社にウグイス嬢とか頼んできた人か」

　織田が、七海の髪の毛を掻《か》き上げ、耳たぶを舐めるようにしながら、囁いている。

「そう、大手広告代理店の雷通《らいつう》のＣＭ制作部にいた女性なんだけど、クライアントを通じて政治家と知り合い、服装とかトークのアドバイスをしている間に、フリーの選挙プロデューサーに転向したんだって。いかにも頭のよさそうな女《ひと》よ」

「なんだ、女かよ。なんでもっと早く言わなかった」

「だって、シローに言ったら、絶対、会いたがるでしょう。ちょっとヤバイ女だから会わせたくないよ」

言いながら、七海が脚を組みなおした。一台のカメラが、太腿の奥を捉えていた。

「おっ！」

隣で内川が低く唸《うな》った。腹をすかした獣のような声色だ。

それもそのはずで、パンストとばかり思っていたのは、黒のストッキングで、太腿に巻いた赤いガーターで止められている。

しかもノーパンだった。見えたのは間違いなく黒い茂みだ。内川が唸ってしまう気持ちがわかる。

「俺は、接客のプロだぜ。普通に気にいられるように努力するだけだけどな」

「だめっ。杏奈《あんな》さんは、男をうまく転がすタイプだから」

「ふーん。杏奈さんっていうんだ」

織田が、軽くバストに触れた。下乳を支える感じでの触れ方だ。

「そう、河合《かわい》杏奈。三十八歳だけど、さすがCMディレクターだっただけあって、ファッションセンスなんかもかなりいいのよ。そのうえ知性的な顔立ちだから、それで男がコロリとやられる。シローとは絶対に会わせない。私が、うまくお金を引っ張り出してくるから」

七海がくるりと振り向いて織田に唇を重ねた。舌が絡み合う音が聞こえてきそうだ。織田の手が、七海の尻を揉み始めた。

「ここで、やっちゃおうか」

唇を離した織田が、七海のスーツボタンをはずし始めた。

「ここで、やってくれるの？　誰もいなくなった店で、ふたりきりでやるって、なんか感動しちゃうな」

「感動？」

織田が笑いながら、七海の上着を脱がせ、ローテーブルの上に載せる。白のブラウスからブラジャーが透けて見える。レースの縁取りのようだ。

「だって、次に遊びに来た時に、他の客がこの席でシャンパンタワーをやっていたとするでしょう。でも私、心の中で言えるじゃん。その席で私、やったことあるもんって」

女の嫉妬深さと欲求の強さを思い知る。そしてそこまで、女を自分に引きつけるホストの技量もなかなかのものだ。

ブラウスのボタンがすべて外されると、七海は自ら脱いだ。ブラジャー姿になると、織田をソファに押し倒していく。

七海の目の縁が、ねちっと紅《あか》く染まっている。発情の段階が上がったようだ。

「それが、望みなら、好きなだけやればいい。何なら全席使おうか?」

織田はソファの上に仰向けにされると同時に、ワイシャツのボタンをはずし、胸をはだけていた。女の淫気を醒まさない絶妙な動きだ。

餅は餅屋というが、歌舞伎町のホストにも学ぶべきところはある。

銀座のホステス文化とは異なるが、これもまた日本独自の文化ではないか。

その火を消してはならないような気がする。極道の務めだ。

「シローのシャンパンタワーしたい」

七海が、織田のズボンのベルトとホックを外し、ボクサーパンツごと一気にずり下げた。織田の怒張が現れる。根性のなさとは裏腹に、極太の肉棹《にくざお》は堂々と漲《みなぎ》っている。タワーだ。

七海が嬉《うれ》しそうに、ローテーブルの上にあったシャンパンボトルを手に取り、織田の肉棹と睾丸《こうがん》に注いでいく。たしかにこれもシャンパンタワーだ。

「冷たいっ」

織田が顔を顰めた。七海が悪戯《いたずら》っぽく笑い、ソファの上で四つん這《ば》いになり、

「一気しちゃう」

と、顔を下ろした。

フルートグラスのシャンパンを飲む感じで、亀頭に唇をつけ、舌で舐め始めている。その横顔をズームしてみる。

カメラは四方八方に埋め込まれているので、どんなアングルでもスイッチ一つで、切り替えられ、ズームアップも出来る。織田の従業員の直取引への監視の厳しさを改めて知る思いだ。

七海は、もはや、淫情を止めようがないようだ。思惑通りだ。

「あ〜、温ったかい」

すっぽり全長を包み込まれた織田が歓喜の声をあげたが、神野たちがモニタリングしているのを忘れずにいて、七海のスカートを、ぱっと捲《めく》り上げた。

白い尻がシャンデリアに美しく映える。黒いストッキングと紅いガーターベルトとのコントラストがとんでもなくエロい。

神野は、すぐに違うモニターを見た。

丸い尻のアップだ。

「おぉっ」

今度は神野が唸った。ヒップがカメラに向かって差し出されているせいで、尻山がデフォルメされたように大きく映っている。山を左右に分ける渓谷の奥でピンクの肉裂が蠢《うごめ》き、白粘液を溢れさせているのだ。

「もう、ぐちゃぐちゃですな」

内川が言った。首や肩を回してウォーミングアップを始めた。

「お前が先に挿入しないと、な」

神野が、そろそろだと顎をしゃくった。

「へい。兄貴分ですので」

内川が濡れたままの上着を脱ぎ始めた。ズボンのベルトも緩めている。

しゃぶられている織田が、左右の手を駆使し、乳房と女陰を慰撫し始めていた。

七海の気持ちを引き付けるためだ。

「あんっ、はうっ」

乳首と陰核を交互に強く刺激され、七海の声がひときわ甲高くなり出した。負けてなるものかとばかり、七海もまた口淫に拍車をかけたようだ。

上下する顔の速度が一気に早まった。

「おぉお、俺のシャンパンぶちまけそう」

織田がそう叫び、七海の尻山を鷲摑《わしづか》みにして、くわっと左右に引いた。尻のあわいから覗ける肉襞《にくひだ》も広がる。そこは海鼠《なまこ》とかエイがぐちゃぐちゃと蠢いているようで、かなりグロテスクに見える。

「シローのシャンパン、飲みたいっ」

「おぉおおお、早すぎるぞ」

織田が七海の尻をパンパンと二度叩いた。それがサインだった。

「カシラ、では行ってきます」

内川はすでに全裸になっていた。

「おうっ、速攻で決めてこい。俺が見届けてやる」

神野は親として内川の背中を叩いて送り出し、再びモニターに集中した。

四つん這いで、フェラチオに夢中になっている七海の尻山に、そっと内川が迫っている。剛直を突き出している。

仰向けになっている織田が目配《めくば》せし、七海の尻山をさらに大きく割った。それは、ドアを開いて客を待っているレストランの主人のような仕草だった。

内川が「うむ」と頷き、亀頭の尖端《せんたん》を近づけていく。

「出るよ、七海、出ちゃいそうだ」

織田が、七海の意識をさらに己の剛直に向ける。本当に極みに入っているのかどうかは、モニター越しに覗いている神野には分からない。

「うん、いっぱい出してっ」

と、七海が唇のスライドを最速にした瞬間だった。

内川が無遠慮に、太棹をぶすりと送り込んだ。一気に全長を放り込んでいる。同時に、織田がその七海の頭を上から押さえつけた。

「あぐっ、んはっ」

織田の方の亀頭は喉奥に挿し込まれたはずだ。

予期せぬイラマチオと第三者の膣挿入に、七海が両手と尻を激しく振って暴れている。当然だ。

内川がかまわず、フルスピードで抽送していた。鬼の形相だ。

先に織田の方が抜いた。七海が、何度も咽《む》せている。涙目になりながら背後を振り返った。

「いやぁああああああ」

見知らぬスキンヘッド男が、自分を突きまくっているのだから、それはそれは驚《きょう》愕《がく》したに違いない。

「んんっ」

鬼の形相だった内川が、ふと動くのを止めた。つづけて言葉を吐く。

「出る」

その顔が市川團十郎《いちかわだんじゅうろう》の睨みのようになった。左右の黒眼が鼻梁による。

「出さないで、いやぁあああ、出さないでっ」

七海は、四つん這いのまま前に逃げようとした。その両肩を、織田が抑え防いだ。

「シローちゃん、なんでっ、なんでっ。あぁあああっ、後ろの男、出しちゃってい
る」

「おぉおおお」

内川がビクン、ビクンと身体を震わせた。最後の一滴まで絞り出しているようだ。最後に「盃だ」と言って抜いた。

すかさず、織田が、七海の身体をひっくり返し、自分が上に乗る。正常位の体勢だ。七海の秘孔からは内川の精子があふれ出している。

その穴に、いままで咥《くわ》えられていた肉棹を、すっと送りこんだ。もう充分、亀頭は膨れ上がっているようだ。

すぐにしぶくことだろう。

神野は、サイドポケットからラッキーストライクの箱を取り出した。ほとんど濡れてしまっているが、奥の方の二本が生き残っていた。事務室に置いてあったダイヤをちりばめた高級ライターで火をつけ、一服した。

兄弟盃の儀式もいよいよクライマックスだ。

「いやっ、これどういうこと、あっ、シローちゃん、入ってきた。もう、私わけわかんない」

混乱したままの七海が、織田の背中に手を回した。織田も一気に出すつもりだ。

内川よりも小刻みに、だが、強弱をつけて尻を振っている。

七海が、たった今の恐怖を忘れたかのように、悦《よろこ》びの声を上げはじめた。

腕力の内川、腰力の織田。いいバディになりそうではないか。

百メートルを九秒台で走り切ろうとするように、織田は摩擦していた。

「おぉおおおお」

雄叫《おたけ》びを上げて、七海の胸に倒れ込む。さぞかしテープを切った感じであろう。

神野は男女が繋《つな》がっている接点をズームアップさせた。

七海の孔盃には、内川と織田の双方の白液が流れ込んでいるはずだ。

関東舞闘会流、兄弟盃、これにて相成った。

おもむろに、ホールへと出ることにした。

七海から、選挙プロデューサーの話をじっくり聞かねばならない。市中での情報収集こそ神野の授かっている最大の任務である。

一時間後、とんでもない選挙運動が発覚する。

5

どんよりとした雲が、千駄ヶ谷の空を覆っている。

オリンピックの延期決定以来、茫然《ぼうぜん》と立ちすくんだままの新国立競技場の観客スタンド。三人だけで座っていた。

関東舞闘会の総長、黒井健人は、灰色の空を見上げながら、今朝がた、神野から聞いた一件を、報告していた。

「この件が発覚したら、いよいよもって政局になりませんか？」

相手は、内閣情報調査室《サイロ》の次長、菅沼孝明《すがぬまたかあき》だ。

マスクで顔の半分が隠れているが、

「ウグイス嬢に公職選挙法規定の倍以上を出すっていうのは、まぁ、ザラにあることだ。そのレベルでいちいち桜田門《さくらだもん》の二課や検察が動いていたら、保守系の政治家なんかいなくなってしまう。だが、ひとめで賄賂とわかる金をばらまいていたというのは、ちょいとバカが過ぎるな……。救いようがない」

菅沼は、その痩躯《そうく》を椅子に沈めたまま額に手を当てた。

コメカミに筋が浮いている。

常日頃から、ポーカーフェイスを通り越して能面のような顔をしており、反応が見えづらい菅沼だが、さすがに、この件には、苛《いら》ついているのがわかった。

内閣情報調査室は、内閣官房に属する情報収集分析機関であり、内閣総理大臣に直接報告を行うことを旨としている。

したがって、同じ情報機関である警察庁警備局公安課や法務省の公安調査庁、防衛省情報局などよりも、時の政権寄りであり、さながら御庭番的な要素を持つ。

政権の弱点を、マスコミはもちろん他の情報機関よりも先に拾い上げ、官邸にご注進することこそ、内調の役割といえる。

「県議会議長や、市長にまで現金を渡しているんですよ。週刊誌がすでに嗅ぎつけていると踏んでいいでしょうね」

黒井は一段下の席に座っている神野のパナマ帽を見下ろしながら言った。

「あからさま過ぎて、逆に罠《わな》じゃないかと思う話だ。だが、すぐに官邸に報告しておこう。宮園治夫《みやぞのはるお》と美登里《みどり》とは、総理はもちろん官邸スタッフ全員が距離を置き、ふたりを切るタイミングを計らせよう。何か別なスキャンダルをメイクするのがいいだろう」

菅沼が黒井に視線を向けた。

宮園治夫は閣僚経験のある衆議院議員。元実業家の五十二歳。その妻、美登里は当選したばかりの参議院議員。地方局アナウンサー出身の四十歳だ。

ふたりの選挙区は北東北のある県だ。

「叩けば粗《あら》が出てこない政治家なんていないですよ。どうせあのふたりは政治的野心から結婚しただけの仮面夫婦でしょう。どちらにも別な男女関係があるはず。その辺をつつけば、すぐに、ダーティな話はいくらでも出てきますよ。やりましょうか？」

黒井は、極道の観点から策を伝えた。

もともと政治家の性事《せいじ》を摑むのは、内調や公安の常とう手段である。

そして、いざ工作となると黒井のような機関に委ねられる。

関東舞闘会の黒井と神野は、れっきとした工作員である。

「いや、そのレベルは、そっちに動いてもらわなくても、どうにかなる。違う工作を頼みたい」

菅沼が、真正面のスタンドを見やりながら言った。

観客席には誰もいないのだが、スタンドの椅子それぞれに柄が入っており、まったくの空席には見えない。木の葉をイメージしているそうだ。

「それはどのような?」

「雷通の公共事業部と官邸の間に罅《ひび》を入れたい。『事業協力センター』を隠れ蓑《みの》にした闇取引が横行し過ぎている」

菅沼が、顎を扱《しご》きながら言った。

事業協力センターとは、社会経済活動のための新たなサービスを提供することを目的として設立された一般社団法人である。

ただし『一般社団法人』は、かつて存在した『社団法人』とは全く異なり、公益性や主務官庁の許可などという縛りは一切ない。

誰でも設立でき、営利法人である株式会社と同じく収益事業も行うことができるのだ。

二〇〇六年の公益法人改革によって行政の許可が必要な『社団法人』は設立できなくなり、代わりに誰でも設立出来る『一般社団法人』が設けられるようになったのだ。

事業協力センターは、実体として大手広告代理店雷通の手によって設立され、運営されている。

またも雷通だ。

「しかし菅沼さん、それは、この政権が作り上げた霞《かすみ》が関《せき》と民間の共同利権システムに穴をあけるということでは……」

黒井は改めて問うた。

内調は、基本的に官邸寄りでなければならないはずだ。だが、いまの菅沼の発言は、それと矛盾する。

菅沼は、空を見上げた。白い雲だらけだ。

内調が、この八年間、総理及びその周辺の様々な職権乱用を暴こうとするマスコミに対するカウンターインテリジェンスや奔放な行動をし続ける夫人の監視など、首を傾《かし》げたくなるような案件をひたすら行ってきたのは、近来稀《まれ》に見る新保守主義者である総理の政治信条と内調の思惑が一致していたからだ。

親米、反共路線をより明確にし、憲法改正に結び付けるという政治目的だ。

これには、暗に他の情報三機関も同調していた節がある。

内調は、菅沼は、軌道修正を図ろうというのか？

「確かに矛盾する。だが、我々が構築したシステムに、勝手に手を突っ込んできている人間たちがいるようだ」

菅沼の目が尖った。

「なるほど」

黒井は頷いた。

総理サイドか民自党の別な長老が、独自の利権を構築しようとしているということだろう。

「この政権、ちょっと長すぎたようだな」

スタジアムに一陣の風が舞った。

目のまえで、神野がパナマ帽を押さえた。

黒井の髪が乱れる。

菅沼のバーコード頭だけは、微動だにしなかった。

「次は、誰を？」

黒井は髪を手櫛《てぐし》で整えながら、聞いてみた。答えるわけがないのは、分かっての質問だ。

「わからんね」

菅沼の視線が細められた。遠くをじっと見ている。

反対側のスタンドに人影が見えた。

「あれは？」

「うちの最大のライバルだよ」

――公安《ハム》。

黒井はそう直感した。

四大情報機関の中で、内調が、もっともライバル視するの公安警察《ハム》だ。

「来年にオリンピックが開催されるかどうかわからんが、これから彼らと一緒に、この競技場の弱点を再検証する」

空とぼけた言い方だ。

「国の弱点の検証でしょう」

いまや、この国はワケアリだらけになってしまった。

「下手《へた》をすると、あちこちで治安崩壊が起こる。ハムさんと今回は共同歩調だ」

い、次に対してサイロとハムがベクトル合わせをするということだ。

「雷通がどこの誰と手を組んでいるのか、炙《あぶ》り出します。火事場泥棒のようなやつは許せねぇ」

黒井は神野のパナマ帽をポンと叩いた。神野が立つ。ふたり揃ってさっさと出口へ向かった。

菅沼は、スタンドからゆっくりとした足取りでアリーナへと降りて行った。

第二章　濃厚接触

1

黄昏時《たそがれどき》の青山《あおやま》のスパイラルカフェだ。

「神野、化けきれるか？」

濃紺にチョークストライプのダブルのスーツを着込んだ黒井が聞いた。

これまでのなりすまし役とはわけが違う。役柄は外資系投資会社に所属する経営コンサルタントだ。専門はベンチャー企業の育成と企業再生。

そして潜入先は、ＩＴ資産家が運営する会員制交流サロンだ。

黒井が、喧嘩《けんか》上等だけで生きてきた神野で大丈夫か、と思うのは、当然だ。

が、神野は悠然と言った。

「おやっさん。去年は俺、不動産屋の営業マンも上手に務めたでしょう。なりすましは俺の特技のひとつです。例えば、俺に東大を受験して合格しろというのは無理な相談ですが、三か月だけ東大生になりすませ、というのはお安い御用なんです」

すでに角刈り頭の上に、洒落《しゃれ》たツーブロックの鬘《かつら》をつけた神野は、立派な経営コンサルタントに見える。

確かに、三か月だけなら、なんとか行けそうな感じである。

神野には、まだ、明確な工作内容は伝えていない。この間、内調の菅沼や、警察庁の長官官房室と綿密な打ち合わせをしていたためだ。

「なら、このタブレットに書いてある香川雅彦《かがわまさひこ》の人物像を覚え込め。ミッション内容はその後だ」

黒井は光沢のあるグレーのスーツを着た神野にアイパッドプロを一台渡した。香川雅彦なる人物の詳細が書かれている。もちろん架空の人物だ。

神野がタブレットを受け取りタップし、真剣な目つきで読み込んでいる。徐々にやんちゃな極道の表情が消え、穏やかな顔つきになり始めている。

こいつも場数を踏んで、一人前の工作員になってきたなと黒井は感心した。

黒井は、警察学校を出た二十四歳の時から、刑事部の市中潜伏員として、工作活動を続けている。

　市中潜伏員とは、警察官の身分を隠し、一般の市民活動をつづけながら、治安維持活動をする特殊刑事である。

　桜田門の人事台帳にも存在せず、場合によっては偽名のまま死に至らしむ。完全秘匿セクションであった。

　黒井は、警察学校入校時にすでに市中潜伏員としての訓練を受けていた。早くに両親を亡くし、天涯孤独だった黒井は、バックプロフィールの書き換えが容易であり、中学、高校時代は実際不良少年だったこともあり、警察庁にはもってこいの潜入員だったわけだ。

　十五年前のことだ。

　当時、警察庁は、指定暴力団に成り代わり闇社会に台頭してきた半グレ集団への対策に頭を悩ませていた時期であった。

　従来の指定暴力団ならば、各所轄の組織犯罪対策課が堂々と監視をすることが出来、ベテランのマルボウ刑事であれば、組の内部情報を容易に引き出し、たとえ巨大組織でも、ある程度はコントロールすることが可能だった。

　ところが、半グレ集団は違った。

組事務所などを構えず、あちこちのクラブやバーを根城にし所在が摑《つか》めない。きちんとした組織体系がないので、雇用者責任を問うことも困難だった。

またIT企業、飲食業、芸能プロなどの正業をもつため、マネーロンダリングの手法など解明しづらかった。

正攻法の捜査のもっとも障害になったのは、彼らが国内最高レベルの顧問弁護士を付け始めたことだ。

ほとんどは元検察庁出身弁護士である。通称ヤメケン。ヤメケンは警察、検察の機構に精通しているばかりではなく、OBとしての立場を最大限に利用して現役に圧力をかけてくる。

これまでは主に、政治家の贈収賄事案でその政治的能力を発揮してきたが、ここ十年来、半グレ集団が絡む暴力事案、薬物事案の弁護での活躍が目立つ。

無罪に出来ないものの、量刑は相当圧縮されている。

半グレ集団は、特殊詐欺や裏カジノなどの非合法で手にいれた膨大な資金にものを言わせ、合法的に罪を軽減しているわけだ。

警察庁は憂慮した。

そこで編み出された手法が闇の内側へ捜査員を送り込み、内部崩壊を促進するというものだった。公安や内調が、極左集団や外国諜報員《ちょうほういん》の組織内に潜入員を送り込むのと同じやり方だった。

当時の半グレ集団の平均年齢は二十五歳程度であったことから、若手の潜入員の育成が急務であったのだ。

黒井は、徹底的に鍛え上げられ、半グレ集団の内部崩壊者として育て上げられた。

任務は自らが半グレ集団を作り上げることであったため、まずは新横浜《しんよこはま》の暴走族を組織した。喧嘩に明け暮れ、自分が警察官であることを忘れた頃に、半グレ集団『横浜舞闘連合』を組織し、つぎつぎに周囲の半グレ集団を吸収していった。

黒井が吸収するということは、国家の統制化に置くということであった。

十年で黒井は半グレ集団を任俠《にんきょう》団体に育成し、ついには関東を統合し『関東舞闘会』を名乗るところまで上り詰めた。

むろん、国家の後押しがあってのことだ。

関東舞闘会は、いまや直系二百人。三次団体まで含めると千人の所帯であるが、当然ながら組員たちには、総長と若頭が国家公務員であることを知らせていない。

黒井はこの極道組織を、影の治安維持軍団として統治しているのだ。

神野は、暴走族時代に、最初に倒した相手だった。以後副長として、黒井に命を預けてくれている。

内調とコラボするようになったのは、三年前からだ。

『中国もロシアも、マフィアという名の諜報員、工作員を送り込んできている。それに対抗するには、公安《ハム》や内調《サイロ》だけではなく、ヤクザを装った刑事組織をより活用するしかない』

時の警察庁長官と内閣情報調査室長の英断だった。

もちろん時の総理大臣の裁可も受けている。

今回のミッションは、その総理大臣をも引きずり下ろすことになるやもしれない作業となる。

裏を返すと潜入工作員としては、最も危険な任務となるわけだ。局面によっては、いつ見捨てられるかわからないからだ。

「この人物の概略は承知しました。ニューヨークから帰国したばかりの設定ですね」

神野が涼し気に言った。香川雅彦になりはじめているのだ。神野も、二年前に特別委託警察官として採用されている。警察庁の採用なので、黒井と同じ国家公務員ということになる。

「語学はいけるよな?」

黒井はいちおう聞いた。

香川雅彦は、米国の投資ファンド『バーターズ』のベンチャー企業育成コンサタントという設定である。

「フィリピン英語ですが、普通に出来ます。歌舞伎町のフィリピンパブを仕切るのは、見よう見まねでも英語が必要ですからね。それに彼女たちは、結構、政治や経済に精通しているんです。ボス、ザッツ・オール・ライトです」

神野が歌舞伎町のやんちゃな組長から、たちまちウォール街のクールなビジネスマン顔になっているから笑える。

詐欺《ペテン》は極道の稼業のひとつだが、天賦の才能がなければ、なかなか出来るものではない。

「では、堀内健介《ほりうちけんすけ》の主宰する起業家サロン『ホリーズ・ハイ』に入会してくれ」

黒井もコンサルタント会社の上司風に伝えた。

「ここには、雷通の社員もかなり出入りしているということですね」

「そういうことだ。うまく接触してくれ」

「了解しました」

神野がボルサリーノを被《かぶ》った。一九三〇年代のイタリアンマフィアに見えなくもない。

「ただし、雷通に潜るのは、お前じゃない。この時点で、香川雅彦はあくまでもファーストタッチ要員だ。別に女性潜入員を用意する」

本来は秘匿情報だが真意を伝えておくことにした。

「わかりました。不服はないですからご心配なく」

神野が涼しげに笑った。現実の神野なら「それはどんな女なんですか?」と食い下がってくる場面だ。

だが、香川雅彦ならば、軽く受け流すだろうと判断したようだ。

「神野の初動工作が成功したと見た時点で、女潜入員も投入される。その女のサインを見逃すな」

黒井は、それ以上、女潜入員の情報は出さなかった。自分たちと同じ裏捜査専門部隊のキャリアで、現在は警察庁長官官房室付きになっている女だ。

「大丈夫です。決して見逃しません」

神野が茶色のダレスバッグから眼鏡を取り出した。太い黒縁のグッチの眼鏡だ。掛けると余計に知的に見えた。

「同時にもうひとつミッションがある。この起業家サロン『ホリーズ・ハイ』の主宰者、堀内健介。彼の現在のバックグラウンドも探ってくれ。叩《たた》くと埃《ほこり》だらけのはずだ。わが社で彼を有効活用したい」

「僕もそれを楽しみにしています」

神野の口から、僕という言葉が出てくるとは思いもしなかった。

奮闘を祈る。

2

夜のとばりが皇居や日比谷《ひびや》公園を覆っていた。

「香川さん、では、先週ニューヨークから帰国したばかりですか?」

軽くウエーブの掛かった黒髪に、切れ長の涼し気な目元の男が話しかけてきた。

男は相沢孝雄《あいざわたかお》と名乗った。イベント制作会社『セットアップ』を経営しているという。年齢は三十五歳ぐらいだ。

「はい、東京オフィスを開設する予定なので、当面は戻らなくてすみます。これまでは二十日に一度行き来していたので、ちょっとくたびれましたね」

神野は、シャンパングラスを掲げながら答えた。

「これだけ景気が冷え込んでいる時期にあえて、東京オフィスを開設するというのは、それなりの勝算があるのでしょうね」

相沢もシャンパングラスを軽く上げた。

日比谷の巨大商業施設の最上階にあるレストランだった。IT起業家として成功した堀内健介が主宰する会員制起業家サロン『ホリーズ・ハイ』の月例会が開かれている。

サロンというのは、早い話が異業種交流会のようなもので、メンバーは堀内に自分のビジネスプランを語り、アドバイスを受けると同時に、ここで金主《きんしゅ》や協力企業を探し出すことを目的にしているようだ。

入会金百万円。年会費十万円。月例会は限定三十名までが参加でき、その会費は五万円だという。

いいビジネスだ。

すべての支払いを済ませた直後、神野は胸底でそう呟《つぶや》いた。

現在の会員は五百名。堀内は入会金だけで五億の資金を集めたことになる。そして毎年五千万の会費が年収として入ってくる。

そして月一度のサロン開催では百五十万の入金。実施費用は恐らく一人一万五千円。差し引き百万円強の利益だ。

今年の二月までは、ビュッフェスタイルの料理が供されていたそうだが、新型コロナウイルスの感染拡大に伴い、ウエイターが直接トレイで渡す飲み物以外は提供されていない。

しかも酒類はシャンパンだけだ。

かつては、ワイン、ブランデー、日本酒なども揃《そろ》っていたが、アルコール類を提供すると、必然的に会話の声が大きくなりがちということで、自粛したのだそうだ。

その分、帰りに記念品が配付されるという。

先月は、堀内の自著とホリーズ・ハイとプリントされたボールペン。今月はトラベルセットらしい。自著は出版社から格安に仕入れ、記念品も文具店で五千円程度のものだ。

「景気が冷え込んでいる時期こそ進出の機会と、バーターズは考えたわけです。むしろ昨年までの日本は、好景気が続き過ぎて、入り込む余地が少なかった。それと、もともと東京オリンピック後を狙っていたということもあります」

神野は、日比谷公園を見下ろしながら言った。香川雅彦になり切っていた。

「底を打った時期を見越して、買い叩き、再生したころに売り逃げるという……いや、これは初対面で、失礼なことを言いました。自分のビジネスが最悪なものですから、つい……」

相沢が、屈託のない笑みを浮かべ、軽く頭を下げた。

「いやいや、いいんです。おっしゃる通りですから。ファンドというのは、そういうビジネスですから」

神野も笑顔で返す。

百名ほどの結婚披露宴も出来そうな広さのレストランに、三十名なので、まばらな印象だが、こうした光景も、もはや日常的なものとなった。

「うちなんか、もうアウトですよ。今夜ここに顔を出したのも、何か別なビジネスへの業態変更する案はないかと思ったからなんですよ。現在あるイベンターとしての機能を他に振り向けられないものかと」

相沢がすがるような眼を向けてきた。

神野は、こうした他力本願な男が好きではない。物事、知恵を回せば、必ず妙案は生まれるはずなのである。

極道は、他人に付け込むのが仕事だ。弱り目に祟《たた》り目の経営者に、小金を貸し付けて首を絞め、一気にすべてを取る。

　その視点からすると、見栄《みえ》っ張《ば》りな経営者が一番、狙いやすい。

　いつまでも過去の栄光にしがみつき、やたらと体面を気にする。この相沢という男もそんな感じだ。

　逆に付け込む隙がない経営者とは、執着しないタイプだ。先行きが思わしくないとみると、見栄も体裁もなく、あっさりと商いを畳むか縮小してしまう。

　こういうタイプは、会社更生法を受けることにも躊躇《ちゅうちょ》がないので、極道の出番がないのだ。

「堀内さんには相談したのですか？」

　さりげなく聞いた。

「大手レコード会社の傘下に入ったらどうかと、アドバイスされましたが、それはちょっと」

　相沢は明らかに事業継続に執着しているようすだ。

　イベント制作会社など、この先二年は回復が困難な業種だ。巨大資本の下に入り、番頭社長に徹した方が賢い。堀内の助言は当たっている。

　だが、ここで、経営コンサルタントとしての知恵を見せておくのも手である。

神野は、香川雅彦として、相沢の喜びそうな案を伝えてみることにした。

「御社は、どんな設備をお持ちですか?」

さりげなく聞く。

「資産目録を知りたいと?」

相沢が警戒する目つきになった。金は引っ張りたいが、乗っ取られたくはない。それが、はっきりと顔に出ている。

「はい、ただし、買収が目的ではありません。手持ち資材とノウハウで今すぐ可能な事業があれば、私も支援することが出来ます」

「いや、うちらが持っている機材というのは、せいぜいパイプ椅子とか、イベント会場の動線を確保するためのベルトポールパーテーションぐらいですよ。あとはその時々に舞台会社などからのレンタルです」

ベルトポールパーテーションというのは、いくつかポールを立ててその間をベルトで順路をしきったりする用具だ。

警察が事故現場で使う「キープアウト」はコーンポールにテープを貼るが、あれに似たものだと思えばいい。

「電源車とか、テーブルはありませんか?」

神野は重ねて聞いた。

「電源車までは持っていませんが、発電機ぐらいはあります。小さな野外イベントの時などは、延長コードが煩わしい場合、何台か使うということもありますから」

相沢は周囲を見渡し、照れくさそうに言った。自分の会社が小規模であることをあまり知られたくないような表情だ。

ここで出会った他の経営者や大手商社マン、銀行マンなどには、おそらく、対等な立場で、いっぱしの成功談を語っていたに違いないのだ。

発電機は重要だ。

「その小さな野外イベントのノウハウと運営能力が、常設イベントに役立ちます。食卓用のテーブルはありませんかね？　それとアクリル板」

神野は畳みかけた。ヤクザなら昔から稼業にしていることだ。

「テーブルもアクリル板も手持ちはありませんが、いくらでも調達できますよ」

相沢の目に力が少し戻っていた。

「道路使用許可などの申請ノウハウもありますよね」

「もちろんです。野外のイベントではなくとも、イベントを開催するときは主催者に代わって必ず、最寄署《もより》に出向いていますから」

「それなら、巡回オープンカフェが出来る」

「えっ？」

目を丸くした相沢に、神野は自らの案をプレゼンした。

「商店街の店々を説得して、週に一度、合同オープンカフェを開催するというのはどうでしょう。都内だけでも二千五百以上の商店街があるでしょう。毎週三か所、御社が仕切るだけで、それなりなイベントになりますよ。一年やれば先が見えて来ます。先行投資は少なくてすむでしょう。社員やバイトを毎週動かすこともできます」

「なるほど、それは確かにイベントですね」

相沢は、すぐにスマホを取り出し、タップし始めた。手配が可能かどうか調べているらしかった。

言ってみれば、毎週開く境内の屋台だ。ヤクザならだれでも考えつく話だ。

「地元の行政にも喜ばれる仕事だと思います。相沢さん、仕掛け人として名を上げられますよ」

いずれにせよこうしたサロンに顔を出す人間は、自己顕示欲が強いものだ。最後の「名を上げられますよ」の一言に、相沢は小躍りしそうなほど舞い上がっているはずだ。

その横顔に向かってさらに吹き込んでやる。

「新型コロナウイルスによる景気減速は、バブル崩壊やリーマンショックのような金融システムの崩壊ではありません。全世界に等しく振りかかった災難のようなものです。ワクチンさえ開発されれば、すぐに元の状態に戻ります。要は、それまで二年ぐらいを凌《しの》ぎ切れる経営者なのか、はたまた潰してしまう経営者なのかってことです。二年後、生き残っていた者が、さらなるでかい繁栄を築き、ここで終わった人間は、最低十年は取り戻すことが出来ないでしょう」

もっともらしいことを伝えた。

大嘘《おおうそ》だ。

日本の景気後退は、新型コロナウイルス問題とは無関係に、二〇一八年の終わり頃から始まっており、とくにマンションバブルは、完全にピークアウトしている。

家賃との比較で、販売価格が上昇しすぎてしまったことと、都心部への供給過多の二重苦から、買い手がいない状態に入っているのだ。

世帯収入が一千五百万円以上あっても、三十五年ローンの月々の支払いはきつく、その年収が三十五年続く保証はどこにもない。

投資的に見ても効率が悪い。一億円で購入したマンションを家賃百万円で貸し出すのは難しくなってきた。十年で償却できなければ、その後の先細りは見えている。訪日外国人《インバウンド》による賑《にぎ》わいも観光被害が叫ばれ始め、中国経済が減速し始めた頃から、陰りが見えていた。

すべては東京オリンピック・パラリンピックという巨大イベントへの期待と陶酔によって、目隠しされていただけである。

二年後に、経済が回復する保証はどこにもない。

各国はワクチンの開発に全力を挙げているが、ウイルスの正体すらまだ不明な状態で、特効薬の開発に成功するはずがない。

何としても東京オリンピックを開催したい総理は、日本の技術をもってすれば一年でワクチンは完成するなどと、戦時中の軍首脳のようなことを言っていたが、ワクチンの完成には最低四年かかるだろうというのが、医療専門家たちの見方だ。

様々な利権の確保のため、楽観論を連発する政権に惑わされないことだ。

冷静に考えれば、この先、最低一年は、現在と同じ状況が続き、東京オリンピックは開催されない。それによる企業倒産、国家経済の破綻は目に見えており、パリオリンピックの頃までは混乱が続くと予想される。

ただし、バブル崩壊時と異なり、二十年も暗闇に彷徨《さまよ》うようなことはない。政府の言いなりにならなかった大企業は、充分な内部留保を蓄えており、この不景気を口実に、新卒採用の見送り、定年後の再雇用の見直しを始めるだろう。非正規社員のカットは言うまでもない。

この国の経済が競争原理で動いている限りそれは、ある程度、止《や》むをえないことだ。競争社会は、勝者も作れば敗者も作る。

全員が望めば一流大学へ入学できるわけでも、第一志望の企業に入社できるわけでもない。ただし、敗者復活もあるということを肝に銘じておくべきだ。それもまた自由競争の良さだ。

誰もが永遠に勝ち続けることは難しい。驕《おご》れば必ず引きずりおろされる。

Ｆランク大学卒の非正規労働者でも、知恵を絞れば、勝てる方法は必ず見つかる。

知恵を絞れるか否かの答えはたった一つ。

諦めないこと。

それだけ、だ。

まともな極道たちは、不況を見越して、とっくに手を打ち始めている。いまが、倒産企業の買い時なのは、間違いないのだ。

堅気《かたぎ》は呑気《のんき》だ。

芸能界や飲食、観光業、付け入る隙のある産業がやたらと増えている。

都内の小劇場やシアター、クラブなどは、いまは運営権の買い時だ。ボスの黒井は、老後の暇つぶし用に寄席のひとつも買っておこうかと言っている。毎日、自分専用の特等席で、落語を聞いて余生を過ごしたいのだそうだ。

いい気なもんだ。

「商店街の個店を寄せ集めてオープンカフェを開くというのは、言ってみれば我々の世界の音楽フェスの飲食店バージョンのようなものです。これで、何とか二年、生き残ってみせますよ」

隣で盛んにスマホをタップしていた相沢は、すでにある程度の段取りをつけたようだった。

「先行投資が必要であれば、多少は用立てます。また地元との交渉に強い専門家もバーターズは多数抱えています」

多数どころではない。組員全員が交渉のプロだ。場合によっては参加を渋る店主のケツを叩くこともできる。

「そうしたことが必要になりましたら、ぜひお願いします。コンサルタント料とかもお支払いした方がよろしいんでしょうか？」

相沢が、媚《こ》びるような目になった。

「いやいや、これは閃《ひらめ》いたことを立ち話でお伝えしたまでで、報酬をいただけるような話ではありません」

成功したら、同じようなことを系列のプロモーション会社が実行に移すまでだ。

「ところで、相沢さんは、雷通の方とかご存じですか？」

手なずけたところで、神野は本題を切り出した。ウエイターが寄って来たので、シャンパングラスを返し、アップルジュースを受け取る。

「仕事柄、もちろん知り合いはおりますが」

相沢は新たなシャンパンを手にした。

「この場所にはいらっしゃいますか？」

神野は周囲を見渡しながら聞いた。広すぎる空間のあちこちに数名程度ずつの人の輪が出来ている。おのずと各自が密を避けているようだ。

相沢が「え〜と」と首を回し、

「いま堀内さんと話している男性が雷通イベントプロモーション部の小野寺《おのでら》さんです。もうひとりは青山書院の三田《みた》さんという編集者です。たぶん堀内さんの新刊のプロモーションの打ち合わせをしているんじゃないですか。講演会なんかだったら、うちを使って欲しいですが、いまはすべてオンライン講演ですからね。当面出る幕はないです」

相沢が説明してくれた。

堀内は最近『動け！』という若者向けの自己啓発本を出版したばかりだ。考えるよりすぐに動けと、極道の親分なら誰でも言うような内容のようだ。

そもそも堀内の本は、ほとんどが講演で話した内容をライターがまとめただけのもの。

内容はどれも同じだが、それらしいタイトルをつけるだけで、売れるらしい。羨ましい限りだ。

そこにひとりの女性が近づいて行った。やけに色気のある女だ。

「あの人は？」

神野は、小さく指さした。

「彼女も、元雷通の社員ですよ。現在は選挙プロデューサー。彼女が付いた陣営は、国政でも地方選挙でも九十パーセントの確率で勝利しているということです。元雷通マンならではのマーケティング力と演出のアイデアだと言われています」

なんと……ここで河合杏奈に出会えるとは思っていなかった。

買収疑惑のある宮園治夫とその妻美登里の選挙を仕切った選挙プロデューサーだ。声優の東川七海にウグイス嬢を依頼したのもこの女のはずだ。

雷通への切り込みにこの女を利用しない手はない。神野は、いくつもの接触法を脳内でシミュレーションした。

こんなとき、極道は幾通りもの筋道を持っている。通称「粉かけ」だ。

「イベントプロデューサーと編集者はわかるのですが、なぜ、選挙プロデューサーが、ここに来ているのでしょうか？」

神野は杏奈に視線を注ぎながら聞いた。

ロイヤルブルーのスカートスーツ。タイトミニの裾から伸びる美脚は黒のストッキングで覆われている。

目鼻立ちもくっきりしており、裏方というよりモデルか女優のような華やかさに包まれている。

雷通の小野寺は、紺のブレザーにグレーのパンツというオーソドックスなアイビー調で、青山書院の三田は、茶と白の市松模様のシャツにホワイトジーンズという、ラフな格好だ。この男は片側だけを刈り上げた特徴のある髪型をしている。尖《とが》った編集者らしい。

「ホリーズ新党について何か打ち合わせをしているんじゃないでしょうかね。よろしければ、紹介しますよ」

相沢が、颯爽《さっそう》と堀内に向かって歩きだした。

3

「バーターズさんは、公共事業投資を得意としていますね」

名刺を交換すると雷通の小野寺英治《えいじ》が、真っ先にそう言った。さすが雷通マンだ。日本支社のない米国の中堅ファンドのこともよく知っている。

もちろん彼らに興味をもたせるために、ボスはこの実在の会社名を使わせたのだ。

香川雅彦も実在する。口裏合わせのために、本人は日本出張ということにして、ロングアイランドの自宅に引きこもっているという。ホームページには神野の写真が貼られている。

バーターズは伝統ある投資ファンドであるが、ＣＩＡとの関係も深い組織である。

「ウォールストリートの投資会社の中にも棲《す》み分けがあって、当社は、公共性の高い事業への投資を担当させていただいております」

　これは台本の中でももっとも重要なセリフだった。早めに使えて正直、安堵《あんど》した。

「例えば、日本ならどんな事業になるのかな？」

　堀内が、鋭い視線を向けてきた。いまやトレードマークであるＴシャツに黒のジーンズ。ビールのジョッキを握っていた。

　この男の辞書に服装のＴＰＯはないのだ。

「ベンチャー企業における自動運転システムの開発や、日本で新たに電力会社を起こそうという方がいましたら、投資したいですね」

　バーターズは本気でそう考えていると台本に添え書きがあった。その会社が、中国やロシアに侵食されないために見張るためらしい。

「宇宙ロケットには興味ありませんか？」

　堀内が言った。現在、堀内がもっとものめり込んでいる事業だ。ただし、六月に発射した「ホリーズＸ」は、肉眼で見える高さで空中分解してしまったのだが。

「もちろん、堀内さんのプロジェクトは興味深く見守っております。ですが、現段階では難しいです。日本政府との連携がまだ見えていませんね」

　これも台本にあったセリフだ。内調の菅沼は、さりげなく堀内の動きを見張ろうとしているのだ。

「ほら、ですから堀内さん、みずから国政選挙に出るべきだわ」

杏奈が横から口を出した。

神野とも名刺交換を済ませていた。

「解散風が吹き始めていますね。年内の解散総選挙、ありえますね。総理の性格からしてクリスマス選挙とかやりそうじゃないですか。堀内さん、このタイミングに合わせて、政策論めいた啓発本を一冊、緊急出版しませんか。『コロナからのV字回復法』なんて、タイトルだけで売れそうじゃないですか」

青山書院の三田孝輔《こうすけ》が、スマホのカレンダーを見ながら、声を上げて笑った。

堀内は、鷹揚《おうよう》に頷《うなず》きながら、

「出版はいいんだけどさ、俺が選挙に立つのは、今回じゃない気がする。それよりホリーズ新党に目新しい候補者を擁立し、俺が応援しまくるっていう方がいいと思うんだど」

と目を細めた。

堀内は過去に一度、民自党候補者として出馬したことがある。野党の大物議員の地盤であったので惜敗したのだが、以後、選挙には慎重になっているようだ。

「それ、いい考えですね。元アイドルとか立ててしまうのってありだと思います。私、勝てる選挙区を持っています」

杏奈が、右耳の上の髪を搔き上げながら言う。チャーミングに見せる仕草を心得ているようだ。

「それって、宮園治夫の地元じゃねぇの？」

堀内が言った。

「さすがですね、堀内さん。私、あの選挙区に精通しているんです」

「そんなのバカでもわかるよ。宮園夫婦の件、週刊誌に出るの時間の問題だろ」

「というか、来週出ちゃいます」

杏奈に何ら悪びれた様子はない。

「仕掛けたのは、あんただろう？」

三田が杏奈の脇腹を、肘で突《つつ》いた。

どういうことだ？

神野は訝《いぶか》しく思った。

「三田さん、いやな言い方しないでくださいよ。私は、あのわがままな女房を、知的でファッションセンスのある候補者に見せるために懸命に、演出したんですから」

杏奈が顔の前で、手のひらを振る。

「それは確かだよ。河合が、宮園美登里の髪形から化粧、イタリア系のスーツなどすべて選んで着せたんだ。出馬が決まって一年かけて、保守層に受けるスピーチも論理的に組み立てた。俺は、選挙イベントを請け負っていたからよく知っている」

雷通の小野寺がフォローした。

杏奈と小野寺は選挙というプロモーションやイベントでタッグを組んでいるということがわかった。

選挙は巨大なイベントで、選挙運動は票を得るための広報活動であり、プロモーションだ。

広告代理店出身のプロが腕を振るうには格好の場であろう。

「元県会議員の宮園美登里でも通せたのだから、アイドルに切り替わったら、お手の物ということだな」

堀内が、顎を扱《しご》きながら笑った。

確かに、芸能人の売り込みと選挙は似ている。

どちらも、人を売り込むのだ。

「だが、それなら、民自党から候補者を出したらいいだろう」

「もっともです。うちはいまだに現政権よりの出版社なので、民自党候補者と堀内さんの本を絡めた方が、面白いキャンペーンが張れる。まず堀内さんの新刊の帯に候補予定者がキャッチコピーを寄せる。十万は軽くいくので、チラシ効果は抜群だ。すぐさま、その元アイドルの『政治家宣言』という本を出して、堀内さんがラジオのレギュラー番組で、大いに褒める。うちの贔屓《ひいき》にしている保守系作家や評論家たちにも一斉にツイートしてもらいますよ」

三田がすぐさま戦略を披瀝《ひれき》した。ありきたりな戦略ではあるが、短期戦では有効な著名人総動員戦略である。

「そこをあえてホリーズ新党にして欲しいんですよ」

杏奈が、バストを突き出すようにして言う。ホワイトシルクのブラウスに包まれた大きな双乳がグンとせり出し、ロイヤルブルーのジャケットのボタンを弾《はじ》き飛ばしそうだった。

「それは、またどういうことでしょう？　いや門外漢が、突然すみません」

神野は、首を傾《かし》げながら聞いた。

杏奈がふと不審そうな視線を向けてくる。

「いえ、バーターズも基本、日本の民自党政権を支持しています。あっ、堀内さん、気を悪くしないでください。当社は、先ほども申しましたように、基本的に、公共性のある事業を展開している企業への投資がメインになります。つまり……その」

神野は、あえて、言い淀《よど》んで見せた。

「政権党とうまくやることが大事だと言いたいんだろう。俺がそんなこともわからずに、こうしたサロンを運営していると思ってんのかよ。ベンチャーというのは、別に既存の権力や企業と喧嘩しているわけじゃない。盾ついているように見せるのは、その方がマスコミ受けするからだ。『既存の組織じゃ出来ないことをやる』といえば、注目されるだろう。ブログでもツイッターでも炎上したら勝ちなんだ。だが、詰めは、うまく権力者と手を結ぶことさ。勝てばいいんだよ、勝てばね」

堀内があっさり答える。

この男の浅はかさが透けて見えるようだ。

「すみません。失礼なことを聞いてしまいました。もう余計なことは言いませんから、どうぞ、続けてください」

「香川さんは、今夜、初めての参加ですから、大目に見てやってくださいよ。それに香川さんは起業家側《アントレ・サイド》ではなく投資家側《インベンス・サイド》ですから」

相沢がフォローしてくれた。

雷通の小野寺が、スマホをタップし始め、開いたページを杏奈に見せている。

「あら、香川さんて、三津川《みつかわ》物産エネルギー部の五十嵐《いがらし》部長からの紹介じゃないですか」

杏奈の声がにわかに華やいだ。そういう手を講じているのだ。

三津川物産はじめ、日本の総合商社は、海外における情報収集工作の一端を担っている。とくに中東での活動がメインになっている各社のエネルギー部門は、内調とコラボすることで、中東での自らの身の安全も図ってもらっている。同盟国の工作員がひそかに日本の商社マンのガードをしているからだ。

そうした関係から、今回も神野の潜入に一役買ってくれているわけだ。

民間企業に情報収集活動をさせているのは、なにも社会主義国家だけではないのだ。

「いや、恐縮です。まさに日本の既得権益層の代表のような会社からの紹介で」

すべての演出が、うまく進行している。神野はそう思った。

「それなら、きちんと説明しましょう。香川さんも、どうぞ聞いてください」

杏奈が、さらに隅に移動するように、その場の全員に視線で促した。

六人で大手町《おおてまち》側へと移動する。

窓の下には暗闇の森があった。宝石箱のような銀座の夜景と異なり、皇居と日比谷公園が広がる内堀側は、闇に等しい。ここが東京の最中心部なのだ。

シャンパンを呷《あお》った杏奈がプレゼンテーション口調で、語り始めた。

「宮園美登里の参議院選における買収工作が報道されても、夫の治夫は、総選挙となれば、たとえ買収の当事者として留置中であっても出馬します。出馬しなければ、罪を認めた形になるからです」

「だが、逮捕されていたら、民自党も公認をためらうだろう」

堀内が言った。

「そこですよ。ホリーズ新党の出番は」

杏奈が不敵に笑う。

おおよその想像はつくが、神野は首を傾げて見せた。

小野寺は、杏奈の魂胆にすでに気が付いたらしく「そうか！」と、右の拳を左の手のひらに叩き込んだ。

杏奈が得意そうに続けた。

「宮園夫妻における買収工作の件が報道されると、ふたりは、身の潔白を主張するでしょう。逮捕の手が伸びれば、党には迷惑をかけられないと、離党します。党もさして追及もせず受理するでしょうね……ただし」

キツネ顔の幹事長辺りが『捜査の推移を見守る』とかいい、いったん幕引きを図るだろう。民自党のお家芸だ。

「……次の選挙では、宮園治夫の選挙区には、新たな候補は擁立しないわ。厄介な議員はここでいったん切り捨てたいけれど、急激に追い詰めると、現政権や民自党に都合の悪いことを喋《しゃべ》り始めてしまうかもしれない。民自党としては、対抗馬を立てずに陰ながら支えるというポーズを示さなければならないのよ」

これも極道と同じやり方だ。極道も半グレも逮捕されている仲間に、面会に行って必ず『お前を見殺しにはしない』と伝える。

裏を返せば『裏切ったら、息の根を止めるぞ』というサインだ。

「しかし、まず当選はしないでしょう。宮園の地盤はそれほど盤石じゃない。ましてや民自党の組織を活用できないとなれば、選挙カー一台の調達も自腹になる」

編集者の三田が断定的に言った。

「つまり、あの選挙区は、与党の空白区になるわけです。でも、まんまと共立党や日本威勢の会に明け渡したくはない。民自党としては、ワンポイントリリーフだけしてくれるダークホースが望ましいということになります」

といって杏奈は、濡《ぬ》れて光る唇をアヒルのように突き出した。

「ワンポイントリリーフには著名人がいいよなぁ」

堀内も合点がいったようだ。目に黒い輝きが走る。

「そういうことです。でも、確実に勝つには、私のようなプロの選挙プロデューサーが必要です」

杏奈が堀内に、ウインクして見せた。

「わかった。俺から冬元博《ふゆもとひろし》さんに相談して、適当なアイドルOBを口説いてもらおう」

「お願いします」

堀内と杏奈は、グータッチした。

「政策構想は、青山書院さんのほうで、うまく練り上げてよ」

杏奈は今度は三田を向いた。三田もグーを突き出してくる。杏奈がその拳を、手のひらで下から摩《さす》った。睾丸《こうがん》を撫《な》でているようないやらしい手つきだ。三田が肩を竦《すく》めた。

「動き出したら、うちから相沢さんのほうへ後援会イベントを振りますので、よろしく」

「ありがとうございます。ＤＭの宛名書きから、すべてお引き受けします」

雷通の小野寺とイベント会社の社長である相沢もグータッチだ。

「堀内さん、河合さん、名刺代わりに、先行投資いたしますよ。バーターズとしてではなく、私個人の隠しファンドからということでどうでしょう」

神野はおもむろに切り出した。

「隠しファンド？」

杏奈が鋭い視線を向けてきた。どういうことかという目だ。神野は、三日で叩き込んだセリフのひとつを脳の奥から引っ張り出した。

大見得のセリフである。

「バーターズは政治的中立の立場をとるファンドです。ですから、政治に絡む場合、そういう方法を取ることにしているのです。問題が発生した場合は、あくまでも私個人の資金を使ったと……」

本来は雷通の社員に発する予定のセリフだった。だが、選挙プロデューサーに、これほど耳触りのいいセリフはないはずだ。もちろん、ここには雷通の小野寺も、インフルエンサーの堀内や三田もいる。いずれ三人とも、別途にアプローチしてくるはずだ。

それより今夜中に河合杏奈を落としたい。頭蓋の中央で極道の勘がそう叫んでいた。

しばらくすると、人の輪のシャッフルが始まった。

杏奈が、別な男たちの方へと進んでいく。

「あの人たちは？」

神野は相沢に聞いた。

「霞が関の若手官僚たちですよ。彼らは入会金も会費も免除になっているんです。堀内さんの箔《はく》付け要員ですよ。僕なんかは、直接会話してもメリットがないので、雷通さんや河合女史の背後から見守っているだけです」

相沢は、すでに神野の業界で言うところの舎弟化している。

「なるほど」

神野は、曖昧に頷いた。

相沢が、同じ事業規模のＩＴ系経営者の方へ近づいていったので、神野は、杏奈の方へ向かった。

どういう反応を見せるかで、神野への興味がどの程度であるか、わかるというものだ。

杏奈の真後ろに忍びより、囁《ささや》いた。

「あの、こちらの皆さんは？」

紹介して欲しいという目をして見せる。

「あっ、みなさん、ちょっと失礼します」

果たして杏奈は、若手官僚の輪の中から飛び出してきた。神野の腕を押し、さりげなく彼らとはもっとも離れた位置へと歩き出す。

「香川さん、彼らは霞が関の住人。マスコミとファンド系の方は、直接話さない方がいいと思うの。官僚は、そういう方たちとの交流を避けたがっています。ほら、三田さんも近づかないようにしているでしょう。私は政界関係者として彼らと接点を持っています。それで得た情報を雷通や堀内さんにうまく回しています。香川さんも、その辺のことを理解して、お付き合い願えれば、悪いようにはしません」

そうきたか。

この女、俺に執着を持った――神野は胸底で親指を立てた。

要するに、金を動かせる男は、自分の手の中にだけいて欲しいのだ。

中抜きビジネスの基本だ。能のない極道は、すべてこの戦法を取る。

「わかりました。自分は、河合さん越しに、日本の官僚機構を教わるとしましょう。バーターズのコンサルタントと言っても、日本の官界事情にはまだ疎いです。その辺にコネクションを作って来いというのも、ボスからの指令でして」

神野は初心《うぶ》を装った。

「大丈夫です。香川さんが、本社に胸を張ってリポートできるネタを、私が渡してあげます」

杏奈が身体《からだ》をすり付けて来た。本性見たりの思いだ。色工作のプロでもあるということだ。

そんな女に、逆リーチをかけるのが、自分らの本業である。

「河合さん、選挙に関してだけは、もう少し、教えてもらいたいんですが。自分には、どうしても理解できないことがあるんです。資金を提供する肝の部分です」

含みを持たせた言い方をした。

「どのポイントでしょう？」

杏奈はポーカーフェイスを装っていたが、脳内ではさまざまなシミュレーションをしているはずだ。

「ここでは言えません」

神野は目を尖らせた。

「終わったら、どこかでゆっくり話しませんか？」

杏奈が舌で唇を舐《な》めた。

「河合さんのお時間を拝借できるのなら、西麻布《にしあざぶ》に落ち着いたバーがあります。お金の好きな人間ばかりが集まるバーです」

「それは、お供しますよ」

軽く腰を振ってぶつけてきた。

「恐縮です。では、自分は相沢さんのグループでお喋りをしてきます。適当な時間にサインをください」

あくまでも、下手《したて》にでる。そのぶん、あとでたっぷり地獄を見させてやる。杏奈が媚《こび》を込めた笑みを浮かべながら、官僚たちの方へ戻っていった。

4

西麻布の『バンク』。

関東舞闘会のフロント企業『ヘブン・イーツ』が運営する会員制バーだ。

金色の扉には銀行の金庫のような大きな丸いハンドルが付いている。車のステアリングのような大きさだ。

だが、まずその把手《とって》を回す前にテンキーに会員個人を示す暗証番号を入力しなければならない。

見た目のレトロ感に反して、ハイテク装備になっている。

神野は八桁のナンバーを押した。そのうえ、指紋認証センサーまで設置されている。

「銀行強盗するみたいでわくわくするわね。エンターテインメントはこうじゃなきゃ」

杏奈が、ドアの前でしなだれかかってきた。シャンパンしか飲んでいない癖に、酔ったふりが上手だ。

「選挙もエンタメですかね」

「最高のエンタメよ。あれ以上大きなイベントもないし」

指紋認証センサーに人差し指を差し出すと、赤いランプが緑に変わった。本来の目的は、この店のメンバーになった連中の指紋をすべて抜き取るためだ。

メンバーには半グレや芸能関係者も多い。

「どうぞ、そのハンドルを右に回してください。中には極上のエンターテインメントが待っています」

神野は、杏奈のヒップにさりげなく手のひらを置き、促した。肉付きがよく、しかも弾力があった。

「中に、百万ドルあるって感じね」

杏奈がはしゃぐように尻を振り、金色の環《わ》を回した。なかなかの演技だ。たいていの男なら、この女は、酔って無防備になっていると勘違いする。

その上を行くのが極道だ。

「中も気に入ってくれるといいのですが」

金庫のような扉が、鈍い音を立てて開いた。長い通路が見える。両サイドには、図書館のような棚が連なり、そこに金の延べ棒が並んでいる。

「まぁ、なにこれ？　まさか本物じゃないでしょう？」

杏奈が目を輝かせた。

「本物な訳ないでしょう。鉄に金メッキしただけですよ」

実は中には本物も混じっている。何列目の何個目にあるかは、黒井と神野、それにこの店のマスターしか知らない。純金十キロぶんぐらいはある。時価七千二百万円見当だ。

「まぁ、床には、お札……」

透明アクリルの床下には千ドル札が敷き詰められていた。

「これは、イミテーションだとすぐにわかるわ。千ドル札って、素敵なジョークだわ」

杏奈が立ち止まって、札を眺めた。アクリル板なので、かすかにスカートの中が映っていた。ロイヤルブルーの中の黒いパンストの奥が微《かす》かに映った。はっきりは見えないが、ショーツは白かグレイ。

「もちろんですよ。ただの印刷物です。でも、我々のような金融業者にとっては、たとえイミテーションでも、お札やゴールドの山を眺めるというのは、ひとつのゲン担ぎになるんです」

もっともらしいことを言った。

本物以外の鉄の延べ棒は、単なる武器だ。これで後頭部を殴ったら確実に死ぬ。

「ゲン担ぎって大事よ。選挙も水物。政治家や私たちスタッフも、あれやこれやと、ゲンを担いだり、神仏にすがったりするものよ。この景色、たしかに運が上がりそう」

杏奈は、五メートルほど続く通路を進みながら、うっとりした表情になった。

やはりな。

神野は、心の底で頷いた。

ハニートラップで男を操る女は、自らは男に対して慎重だ。ホスト遊びをしているとしても、それは情報源として活用しているだけで、のめり込むようなことはない。すでにそっちの方の欲がないのだ。だから男を操れる。

だが、そういう女は、金と名に対する欲望が俄然《がぜん》強くなる。付け込むのはそこだ。

奥に進んだ。

百平米ほどのホールに出た。八人ほど座れるカウンターには、男の客がふたりいた。エキストラだ。

そのふたりは、中国と韓国から撤退した資金をどこに振り分けようかという話をしていたが、杏奈を認めると、わざとピタリと会話を止めた。

神野には軽く会釈する。ホールに他に客はいなかった。

「あの方たちは？」

ホールの最も奥まったソファに腰を下ろすなり、杏奈が聞いてきた。

「社名は言えませんが、僕と同じ米国系ファンドの連中です。中国に関しては、米中の関係が急速に悪化しているので、仕方ないですね。韓国に関しては、完全に不動産バブルが弾けてしまったので、ちょっとヤバイって感じです。ただし、僕たちファンドの人間は、政治的な意図は全くないです。リスキーでも儲《もう》かるなら投資しますから。河合さん、飲み物はなにを？」

「カクテル系でもいいですか？」

「あの口髭《くちひげ》のマスターが作るんですが、顔に似合わず、繊細なカクテルを作ります」

「お勧めは？」

杏奈が聞いてきた。

「店の名物は、ウォッカとテキーラでくるんだ『ウインウイン』というやつですが、女性にはきつすぎます。シャンパンの延長上には『フローズンダイキリ』とかが、よいのではないでしょうか」

「ではそうしますわ。香川さんは、もちろん『ウインウイン』をいただくんでしょう」

自分は軽めの酒を選び、こっちには強力な酒を勧めてくる。たいした女。だが、ここが神野のホームグラウンドだということを忘れている。

「僕が酔い潰れても知りませんよ」

神野は、ホスト風の笑いを浮かべながら、カウンターに手を上げた。すぐに、口髭に縁なし眼鏡《めがね》をかけた初老のバーテンダーがやって来た。岩切《いわきり》の爺《じい》さんと呼ばれている男だ。蝶《ちょう》ネクタイとグレイのベストがよく似合っている。このバーはこの爺さんひとりで運営されている。

オーダーを聞くと、岩切の爺さんは、無言で頷きカウンターに戻っていった。

「香川さんが、酔い潰れたら、私が介抱してあげます」

杏奈が、誘い水に乗ってきた。

「では、安心して飲むことにします」

「どうぞ」

杏奈がジャケットのボタンを開けた。胸元で抑え込まれていた巨乳が一気に張り出してきた。

岩切の爺さんが、すぐにふたつのグラスを届けに来た。柔和な笑顔を浮かべているが、岩切は黒井が警察学校にいた頃の教官だった男だ。

潜入捜査の裏の裏まで知り尽くしている。

ウォッカとテキーラを混ぜたウインウインは、いかにも毒々しい色をしていた。

乾杯した。神野は、一気にウインウインをグラスの半分まで飲んで見せる。

「ふぃ～」

頭を振って見せる。実は全然効いていない。色は毒々しいが、ウォッカは少量に抑えられ、真水に変えられている。

「香川さん、さすがの飲みっぷりですね。ダイキリも美味《おぃ》しい！」

杏奈の目が妖艶に光った。

「酔っぱらってしまう前に、選挙に関する疑問を聞いていいですか」

言いながら、さらにグラスの残り半分も呷った。くはぁ～と、息を吐き、腕で唇を拭って見せる。全然、酔っていないのではあるが。

「疑問はどのポイントですか？」

「河合さんは、自分が仕切った選挙で、宮園治夫氏の奥さんである美登里さんを当選させた。なのに、なぜ今度は、その夫である宮園治夫さんの選挙には対抗馬の側に立とうとするのですか？」

神野は、カウンターに手を上げながら言った。指を一本立てる。岩切の爺さんが頷いた。今度はウォッカをいくぶん増やしてくるはずだ。

「外資系のファンドの方のわりには、センチメンタルな疑問ですね。私は、選挙プロデューサーとして、政治的なイデオロギーは持ち合わせておりません。そこはファンドの皆さんと同じです。ビジネスとして割り切っています。そして、注目される選挙区で、想定外の候補者を担ぎ出し、勝たせた場合は、まさにしてやったりの気分になります」

「スマッシュヒットを飛ばした音楽プロデューサーか編集者のような口ぶりですね」

新たなグラスが届いた。今度は舐めるように飲んだ。岩切のクソ爺《じじい》め、一気に濃い目にしてきやがった。

「それ、似ていると思います。自分が仕切った選挙が負けることは、そのまま、プロデューサーとしての敗北にもなりますが、だからと言って、必ず勝てる候補者ばかりを手掛けていても、自分の評価にはつながりません。宮園美登里さんの場合も、接戦を制したところに私の評価があるのです。私は、そういう候補を手掛けて、勝ちたいんですよね」

杏奈がもっともらしいことを言った。

それだけではあるまい、と思いつつも、神野はポーカーフェイスを装った。

「なるほど。わからないでもないですね。僕らがイノベーターを探しているのと同じだ」

　ここはいったん同意して見せ、杏奈に警戒されないように努めた。

「そのウインウインというお酒、ほんのちょっとだけ舐めてみてもいいですか？」

　杏奈が茶目っ気たっぷりの目をした。本当に強い酒か確認する気だ。この女も修羅場を踏んでいると痛感した。

「どうぞ。こちら側は、口を付けていませんから」

　グラスをそのまま押した。杏奈が手に取り、あえて神野が口を付けた部分に唇を触れさせた。

「うわぁ、これは、凄《すご》い、凄すぎる」

　唇を離し、美貌を歪《ゆが》める。

「ええ、これは、普通の方には無理です。僕なんかでも、普通は一杯でギブアップなんですけど、今夜は酔い潰れた方が得のようなので」

　大きく息を吐いた。

「もう、濃厚接触しちゃいましたね」

　杏奈の瞳が、獲物を狙う女狐《めぎつね》の鋭さを放った。

　とそのときだ。新たな客が入ってきた。三十代半ばぐらいの女。目の前にいる杏奈と同年代に見える。青と白のギンガムチェックのシャツにベージュのワイドパンツというでたちがやけに似合っていた。いかにもこの辺に住んでいるという感じだ。

もっとも神野は会ったことがなかった。

「香川さん、ご無沙汰しています」

女が会釈した。

神野はピンときた。

「どうも、久しぶりですね。こちらは、元雷通の河合さんです」

女の芝居に乗って、杏奈のことを紹介する。杏奈は訝し気な視線を女に向けている。邪魔よ、という顔だ。

「お打ち合わせのところ、失礼しました。私、桜田《さくらだ》マキといいます。芸能プロ……といっても派遣業のようなものですが」

マキという女が頭を下げた。あえて名前と役柄を神野に知らせるためだ。

「芸能プロ？　どちらの？」

杏奈が挑戦的な口調になっている。

「あっ、芸能プロと言っても名ばかりです。エキストラや番組観覧者の派遣です」

マキが言った。なるほどうまい役どころの女を仕込んできたものだと、神野は黒井の演出に感心した。

「ようは仕出し屋さんね」

仕出し屋とは芸能界の業界用語だ。「その他大勢」の出演者を、老若男女問わず、かき集める仕事で、業界カーストでは最下層に属する。

「そうなんです。こんなご時世ですから、まったく仕事がなくてまいってますよ」

二月以来の新型コロナウイルス騒動で、演劇や音楽ライブは壊滅的な状況に追いやられているが、映像メディアもそれに準じている。

映画やドラマの制作現場では、極力密を避けるために、少人数態勢で臨むのが、新しい常識となり、エキストラ派遣業などは、廃業に追い込まれている。

芸能界と水商売と極道界は、半ば親戚関係にあるので、その辺の情報は、神野のもとにも的確に入ってきていた。

「パーティ・コンパニオンは扱っていないの？」

杏奈が聞いている。

「もちろんやっていますが、そっちも、いまはダメですね」

マキがため息混じりに言う。

「河合さん、なにかご縁がありましたら、桜田さんに協力してあげてください。僕は彼女の兄上に、何かとお世話になっているんです」

神野は、アドリブで口添えした。

「彼女のお兄様は？」

杏奈がすぐに聞き返してきた。

「不動産投資家です」

咄嗟《とっさ》にマキが答えた。これもアドリブだろう。果たして、杏奈の瞳はさらに輝いた。

「そのコンパニオンさんたちを有効に使える方法が、ないわけではありません。それは、香川さんを通じて、ご連絡しますので」

杏奈はそういうと、もうその話はそこまで、という風に、香川に向き直った。マキが、一礼して去っていく。

店内に突如BGMが鳴りだした。低い音だが曲名はわかる。マル・ウォルドロンの『オール・アローン』。岩切の爺さんから「そろそろ帰れ」のサインだ。

「杏奈さん、僕、かなり酔ってきました」

椅子の上で、ぐらりと揺れて見せる。

「あら、じゃぁ、そろそろ行きましょうか」

「はい……」

神野はよろよろと立ち上がってスーツパンツのポケットの中に手を入れ、睡眠導入剤を入れてきたことを確認する。

5

連れ込まれたのは、六本木《ろっぽんぎ》のグランドハイアット東京だった。現総理、長谷部《はせべ》伸介《しんすけ》が気に入っているというホテルだ。

最上階のセミスイートルームの窓からは東京タワーが見えた。オレンジ色にライトアップされている。

部屋に入るなり、窓際で着衣のまま接吻《せっぷん》した。

杏奈が予想通り、積極的に舌を絡ませてきた。

神野は唾液を送り込んだ。唾液と共に、上前歯の裏に隠していた睡眠導入剤を送り込む。この階に上がってくるエレベーターの中で、密《ひそ》かに口腔《こうこう》内に放り込み、上前歯の裏側に隠していた。

即効性のない、緩いタイプだ。効果が出るのは三十分後ぐらいだ。

杏奈の喉が上下し、唾液を嚥下《えんげ》したのを確認し、神野は唇を離し、大きく息を吸った。

「酔ってもここはちゃんと反応してるわね」

杏奈が唇を舐めながら、神野のスーツの股間のあたりを弄《まさぐ》ってくる。

「んんんっ」

神野は目を瞑《つむ》った。正直とんでもなく気持ちいい。

「いますぐ爆発させてあげるわ」

杏奈は、自信たっぷりに笑い、手のひらで睾丸を撫で、そのまま、屹立《きつりつ》をなぞるように指を上方に上げてきた。

政財界の男どももこうして転がされていったのかも知れない。

「ふはっ」

とはいえ、神野の東京タワーの縮小版のようにそそり立った陰茎も、トランクスの中で、ビクンビクンと揺れ始めた。

「もう限界みたいね」

ファスナーが下ろされ、杏奈の細い指が、トランクスの中まで、忍び込んできた。

「先っちょを擦《こす》られただけで、飛びそうだ」

「一回出したらいいのよ」

熱を帯び、おそらく筋を浮かべている陰茎を取り出された。杏奈の冷たい指が、気持ちいい。

「すぐに出ちゃうなら、お口で受けてあげる」

杏奈がその場にしゃがみこんだ。窓から差し込む夜景の光に、顔の半分が照らされた。明暗を合わせ持った女の顔だ。

「おぉっ」

分厚い唇が大きく開かれたと思ったら、パクンと亀頭冠が咥《くわ》えられた。

「おおおっ」

そのまま杏奈のぬるぬるとした唇が滑り込んできて、スライドが開始された。舌が亀頭の裏側の三角地帯に這《は》ってくる。すぐに舐めまわされた。それも、三角地帯の一点だけを執拗《しつよう》に舐めまわしてくる。

「くわっ」

顔がくしゃくしゃになった。これでは、すぐにしぶいてしまいそうだ。

神野は必死でこらえた。発射しまいとすると次第に自分の尻山が窪《くぼ》んでくる。視線を下げると、杏奈のシャツの襟もとからバストの谷間が見えた。ちょうどブラジャーのフロントホックのあたりだった。

神野は、胸元に手を挿し込もうと、まずはスクワットするように腰を下ろした。

「あふっ」

瞬間的に杏奈がえずいた。亀頭が喉に当たったようだ。

ちょうどいい。少しは痛い目に遭わせてやりたい。

「あっ、すみません」

神野は、空とぼけて、そのまま亀頭を押した。喉奥へぬるりと亀頭が押し込まれる。イラマチオだ。

「あっ、ひえっ、ふわっ」

杏奈は苦しそうに見上げているが、声が出せないでいる。神野はかまわず亀頭を前後させた。口蓋垂《のどちんこ》の柔らかな感触を楽しみながら、摩擦すると、ちょろっと先走り液が出た。ダイレクトに食道へと垂れていった。

「んご、んご、はぅううう」

杏奈が涙目になりながら、拳で神野の尻を激しく叩いた。

さすがに抜いてやり、亀頭を舌腹の上に置き直し、やにわに右手をブラジャーの中へと滑り込ませた。

「あぁあ、いやっ、ちょっとシャワーを浴びてないから、恥ずかしい」

杏奈の乳首は巨粒で、びんびんに尖っていた。

恥ずかしいのはシャワーを浴びていないからではなく、乳首が大きすぎるからだろう。

そして、この女は自分が敏感過ぎるから、主導権を握り、自分のペースで男をいかせようとしているのだ。

リズムを崩してやる。

神野は、杏奈の乳首を左右交互に手荒くいじくり回した。摘《つ》まみ上げ、捩《ね》じり、ぎゅっと押す。

「あぁあああ、ひっ、それ、よすぎるっ」

普通の女ならば激痛に耐えられず、飛び退《の》くところだが、杏奈は激しく尻を振ってよがった。

「窓ガラスに手を突いてくれ」

神野は肉茎を口から抜き、乳首を摘まんだまま、強引に立ち上がらせた。

「あぁあああ、乳首がとれちゃう」

杏奈は頰を歪めたものの、双眸《そうぼう》には喜悦の光を宿したまま、立ち上がった。神野は軽く杏奈のヒップに膝蹴りを見舞った。早く窓に手を突けと、催促するためだ。

「あんっ」

よろけながらも、杏奈は東京タワーを向き、大きな窓ガラスに両手を突いた。

神野は、ロイヤルブルーのスカートを捲《めく》り上げ、黒いパンストに包まれたヒップを剝《む》き出しにした。

センターシームが、ぴっちり食い込み、女の肉丘を左右に分けていた。

「こういうご時世なので、真っ裸になって抱き合うべきではないでしょう。後ろから……」

無遠慮にパンストの股間を摘まみ、爪を這わせ破った。

神野は、裸になどなりようがないのだ。シャツを脱いだら、尻の下まで、びっちり彫り物が入っている。これを見せるのは、いまではない。

勃起して反り返ったままの肉茎が、杏奈のヒップを何度か叩く。パンストのざらつく感触に硬直はさらに増していた。

「ひっ、私にこんな手荒なことをする男は初めてよ」

「すみません。無理強いをするつもりはありません」

神野は手を引っ込めた。尻山に当たっていた亀頭を離す。

「いやん、ここまできて、止めないで。そのまま続けていいのよ」

杏奈が女の建前を引っ込めて、本性をあらわにした。いまは、挿し込まれたくてしょうがないようだ。

「いいんですね」

「いいから、早く」

杏奈は自らヒップを突き出してきた。視線は輝く東京タワーに向いている。あれを挿入する気分なのだろう。

形状としてはスカイツリーの方がいいような気がするが、などと考えながら、神野は、パンストの破れた穴から、指を挿し込み、パンティの股布を左に寄せた。

「あんっ」

匂いたつ女の発情臭と共に、鶏冠《とさか》のような肉扉が現れた。人差し指と中指で開いた。ピンクの海鼠《なまこ》が見える。中はグニャグニャと蠢《うごめ》いていた。泡を噴き上げている秘孔に硬直した亀頭を押し当て、ぐっと尻を送った。

「あぁああああああああ、入ってきた」

杏奈が肉層をきつく締めた。

——潜入捜査だ。

神野はしぶきそうになるのを懸命に堪《こら》えながら、ゆっくりと肉槍《にくやり》の摩擦を開始した。ずんちゅっ。ぬんちゃっ。六本木から芝《しば》公園へと広がる大都会を見下ろしながらピストンしつづける。

「あんっ、ふわっ、気持ちいい」

杏奈も徐々に高まってきている。

「選挙の件、もう一度確認しますが、ホリーズ新党からの候補者を推すということは、宮園治夫さんが当選するのを阻止するということなのですよね」

杏奈の膣壺《ちつつぼ》がどんどん狭まってくるタイミングで聞いた。

「こ、こんな時に仕事の話なんか、しないでっ」

絶頂を目前に気を散らされた格好になった杏奈が、喚《わめ》くようにいった。

「気になって、縮みそうです」

神野は、根元まで挿し込んできた肉棹《にくざお》を浅瀬まで引き上げた。鰓《えら》の先、亀頭だけを残している按配《あんばい》だ。そこだけ小刻みに出し入れする。くしゅくしゅと歯でも磨くような感じだ。

「いやんっ、じれったい。奥までグサッとお願い」

杏奈が尻を打ち返してきた。神野は、逆に腰を引き、亀頭の位置を浅瀬に保った。

「宮園さんは、なんかヤバイことを知っているってことですよね」

「そりゃ、いろいろあるわよ。高額の選挙資金のこともあるし」

「当時、もうひとりの民自党の候補者の十倍の資金を渡したそうですね。総裁と幹事長の決裁がなければ、そんな大金は出ないと言われている。なおのこと、民自党宮園氏を護《まも》らねばならないのではないのですか。それなのにあなたは……」

「それは、マスコミのミスリード。党はそんな資金出していないわよ。だから、平気なの」

杏奈が言いながら、尻を押し出してきた。肉茎の半分までが飲み込まれた。膣袋の上方から扁桃腺《へんとうせん》のように粘膜が垂れている辺りだ。

刺激するにはナイスなポイントだ。神野はそこでも亀頭を小刻みに律動させた。

「あっ、そこばかり責めるのは、ダメっ。出ちゃう」

党本部とは、別な資金ルートが存在するということだ。

「宮園さん、逆に、官邸を脅していたとか？」

スパーンと神野は腰を振り、亀頭を子宮へと叩き込んだ。

「あぁあああああああ。さすが、バーターズのコンサルタントね。そういうことよ。宮園先生は、霞が関の出身でもないのにちょっと総理に接近し過ぎたわ」

宮園治夫は、国内の名門私大を卒業したあと、米国に留学、四年間政治学を学び、帰国後、シンクタンクに就職、その後、故郷の県会議員となって政界に進んだ党人派だ。

週刊誌の既報によれば、宮園は官僚派のように、出身官庁を持っていないことをカバーするために、留学時代の米国人脈をフル活用したという。四年前、経済界出身の金髪のデブがまぐれで大統領になったことが、宮園には幸いした。

外務省や経産省ルートでは接点を見いだせなかった当選直後の大統領へのコネクションを、宮園は、米国の財界人を通じて見つけだしたのだ。就任式前に日本の総理が大統領の私邸があるキングタワーを訪問し「特別な関係」を構築するのに、宮園は一役買ったわけだ。

これが大きな手柄となり、長谷部総理の側近の一人に数えられるようになったという。あくまでも週刊誌ネタだ。

「そろそろそのコネクションも必要なくなったというわけか……」

神野は、低い声で杏奈の耳もとに囁いた。

「あの、あなた何者なの？」

深く挿入されたまま、杏奈が振り向こうとした。

神野は直ちに、フルスピードでピストンを開始した。

「んんっ、いやん、いっちゃう、いっちゃうわよ」

杏奈の右頬が、窓ガラスにべったりくっついている。両手は大きく広がり、まるで東京タワーを抱きしめようとしているようだ。

「おぉおおおおおお」

神野も感極まり、叫んだ。

膣袋の中に、盛大に精汁を放った。ドクン、ドクンと流しこんでいくが、気分は、眼下に広がる大都会に放尿しているような気分だった。

黒いパンストの破れ穴から、肉茎を引き抜くと、杏奈はそのまま窓辺に崩れ落ちた。

絶頂を迎えた直後に、落ちたようだ。

神野は、その肢体をベッドに運び、全裸にしスマホで撮影した。秘裂からたったいま、神野が打ち込んだ精汁が逆流している様子は、超リアルだった。

そのまま部屋を後にした。

三日後、宮園治夫、美登里夫妻が、公職選挙法違反、贈賄の容疑で逮捕された。

第三章　還流システム

1

「桜田さん、エキストラの仕事がなくて困っている人に、簡単な入力作業の仕事をしてもらえますかね？　いや見当違いの仕事で悪いんだけどさ」

汐留《しおどめ》にある世界最大の規模を誇る広告代理店『雷通』の公共事業部の小会議室。部長の太田浩二《おおたこうじ》がそう切り出してきた。

面長な顔にロイド眼鏡《めがね》。きちんと七三に分けた髪型は、広告マンというよりも大学教授を思わせる。五十歳ぐらいだ。

太田が続けて言う。

「その入力もエクセルの表に指示通りに氏名、住所、口座番号、金額などを打ち込むだけ。まぁ、パソコンのキーが打てれば誰でもできる、能力として必要なのは、それだけです。誤入力のチェックなどはこっちでやるし。日給一万円」

「悪くない日給《ギャラ》ですね。あのそれは、何のための入力なのでしょう？」

真木洋子《まきひろこ》は、太田を見つめながら言った。

真木は、警察庁長官官房室付きのキャリア。だが、いまは、エキストラ派遣会社の桜田マキを演じている。

過日、西麻布の会員制バーで元雷通勤務の選挙プロデューサー河合杏奈から、いずれCM部をつないでくれる男として、太田を紹介されたのだ。

「経産省から、新型コロナウイルスの影響による『第二波休業補償申請』の受付業務を『事業協力センター』経由でうちが受託したんだ。この郵送分をデータ入力する必要があってね」

政府は、長引く新型コロナウイルス感染拡大の影響で、九月以降さらなる休業に追い込まれた飲食店やライブハウスのために、新たな補償予算を組んでいた。

もとより持続化給付金の法人二百万円、フリーランス百万円では、足りるわけがないのだが、このままでは年内の倒産件数が、バブル崩壊時を超える未曾有《みぞう》なものになると判断し、政府は追加の財政出動を決めたのだ。

明らかな与党の人気取り政策である。

それだけ総選挙が近づいて来ているということだろう。

太田が続けた。

「いや、河合君の顔を立てて、適当に仕事を割り振っているわけじゃないんだ。状況が好転したら、桜プロモーションさんには、パーティ・コンパニオンの仕事も回せるよ。公共事業部は政界に近いので、政治家の資金集めパーティなどの仕切りも回ってくる。イベント部やOBの河合君と組むことが多いのはそういう関係もある。コロナさえ落ち着いたら、どんどん発注できる。もっとも有力OBの河合君の紹介だからメディア部もテレビ局や映画会社に、桜プロモーションさんを売り込んでくれると思うがね。とりあえず、いまは入力作業というまったくの副業でしのいでくれないか」

口ぶりは大手広告代理店らしく横柄であったが、河合杏奈には相当気を使っているのが見て取れた。

「喜んでお引け受けいたします。空を飛べないCAが、地上でマスクづくりに精を出している時代です。単純な仕事でしたら、エキストラ要員にも出来ることだと思います。そもそもエキストラという仕事は副業でしている方が多いわけで、多少なりとも、収入が補填されればいいわけです。私も手数料が稼げれば、いまや職種は問いません」

真木洋子は長机に手を突いて頭を下げた。桜田マキを演じつづける。

自分自身、警察庁内で副業をしていると言えた。

真木の本来の任務は、管理売春組織を闇処理するための潜入チームの課長である。

だが、この部門、現在は休業状態になっていた。

性風俗産業自体が、四月以降、壊滅的状態であり、警察庁としても、風俗現場に潜入させるのもリスクが高すぎると判断したためだ。

現状では闇風俗が横行しているが、チーム真木は、待命中だった。

そこで、長官から市中工作班のヘルプにつけと言われた。

潜入捜査の肝は演技である。捜査対象《マルタイ》が異なっても、潜る基本は同じだ。チーム真木はチーム黒井に合流することになった。

「それでは、来週の月曜日からお願い出来るかい？」

太田がファイルを取り出しながら言った。

「行先はどちらになりますか？」

真木は黒のスカートスーツの脚を何度も組み直しながら聞いた。会議室の長机越しに太田が粘りつくような視線を向けてきた。

スケベそうだ。

真木はジャケットの下の白ブラウスのボタンも三段ほど開けていた。ブラカップの谷間にちょうどペンダントヘッドが下がっている。太田は、そのあたりにも懸命に視線を這《は》わせている。

「東銀座にあるオフィスビルに行ってもらう。地図や作業内容はこのファイルの中だ。同じデータを桜田さんのパソコンにも送っておくから……」

太田がファイルブックを差し出してくる。

真木は受け取り、その場で流し読みをした。

仕事場所は、雷通の系列会社が二社入っている六階建ての比較的コンパクトなオフィスビル。歌舞伎座の近くだ。

真木たちに与えられる作業場所は、このビルの三階にある貸会議室のようだ。見取り図によると、百坪ほどのスペースに二十台のノート型パソコンが設置されているらしい。

密を避けるために、間隔をあけて着席出来る配慮なのだろうが、スペースの割にパソコンの台数が少なすぎはしないか。

そこには触れずに真木は答えた。

「ということは、毎日、パソコン入力の出来る者を二十名、引き連れて行けばよいということですね。これ、一日どれぐらいの件数を打ち込むのでしょう？」

到底、この台数だけで処理できるものではあるまい。

「全体では何万件単位になるが、桜プロモーションさんは一日五百件を目標にしてもらえればいい」

「ということは、他にも入力作業をするグループがいるのですね」

「もちろんさ。当社の関連会社も動員し、他に入力専門業者にも依頼してある。現在もなお、声掛けはつづけているし、入力が間に合わないとなれば、さらに委託先を増やすことになる」

要するに、経済産業省が、一般社団法人の事業協力センターに業務委託し、そこからさらに雷通に丸投げされるということだ。

その雷通も一部は系列会社で処理するが、残りはさらに外部に丸投げし、手数料だけを抜くというやり方らしい。

「受付期間は二か月だけですか？」

真木はさりげなく聞いた。

「そう、年内で打ち切り。そうしないと支払いが三月までに終わらないんだよな。役所としては年度内に終了させたいし、われわれとしては、期間が短いほうが、手数料の利益率がいいということで、受付は年内で終了する」

太田が手の内を明かしてくれた。

河合杏奈の紹介なので、身内だと思っているのだろう。

これが、官民の癒着の縮図であろう。

一般社団法人。いまだに一般人には公益団体のイメージがある。実際には単なる利益集団でしかない。

二〇〇八年まで存在した社団法人は天下り防止のため廃止したが、霞が関の役人たちは、自分たちの再就職先を確保するために、誰でも設立できる一般社団法人を誕生させたわけだ。

今度は堂々と官民が癒着する土壌を作ってしまった。

「事業協力センターの代表は、元経産省官僚の方ですか？」

ファイルには代表者名は伊達《だて》正敏《まさとし》とある。

「当然だよ。それがコンペで受注できる根拠なんだから。うちは手を上げた事業は八十パーセント落札している。外れた二十パーセントは、当て馬として入札に参加したたけさ。百パーセントだと、おかしいだろ。正当な競争をしているという演出が、きちんとなされていないとさ」

太田は徐々に砕けた調子になった。

「それはそうですよね。民間のノウハウ提供、大事です」

真木も話を合わせてやった。

「桜田さん、あんたも物わかりがよさそうだ。来週、実際仕事が始まったら、代表を交えて一席もとう。その席でより桜プロモーションにとって旨味《うまみ》のある事業が提案できるかもしれない」

太田が意味ありげなことを口にした。

「あら、それは嬉《うれ》しいお誘いですね。ぜひ、お願いしたいです」

深々と頭を下げる。

少し、展開が早すぎるのが気になる。

相手も罠《わな》を仕掛けてくる可能性がある。

汐留の雷通本社ビルから、新橋《しんばし》駅に向かって歩くと、街頭ビジョンで政治家夫婦の逮捕の続報が放映されていた。

ふたりとも否認しているそうだが、地元で金を受け取った市長や県議たちの証言が相次いで流されている。

この事案、参議院選に、妻を担ぎ出した時点から誰かが仕掛けたのではないか？

真木はそう考えたが、自分には関わりのない事案として、捨て置くことにした。

2

一時間後。

真木は表参道《おもてさんどう》の『桜プロモーション』のオフィスに戻った。

この会社は、一九七〇年から存在するモデルエージェンシーである。

創業者は桜田潤造《じゅんぞう》。元公安刑事だ。いちおう、真木はそのひ孫ということになっている。

桜プロモーションは、七〇年安保の際に、芸能界の中に潜む過激派を炙《あぶ》り出すために設立されたのだが、時を経て、薬物取引や管理売春の捜査を目的とするための隠れ家となった。

潜入先は主に半グレ集団の関わるクラブや芸能プロだ。

潜入捜査の拠点にするにはモデルエージェンシーや人材派遣会社などの派遣業や

調査会社などが都合がよい。

潜入の口実が作りやすいからだ。

警察庁は他にもカフェ、書店、美容院なども直営している。

カフェは打ち合わせ、書店は立ち話やメモを渡すため、美容院は変装を施してもらうためなど、用途は様々だ。

この会社の社長に就任したのは、三年前ということになっている。もちろん出鱈《でたら》目《め》な登記だ。

真木は、帰社すると同時に、ふたりの部下を呼んだ。

いずれも真木が本籍を置く風俗業者への潜入を専門とする部門の刑事だが、公安《ハム》や組対《マルボウ》の潜入員とはまた違った特殊な修羅場を潜《くぐ》ってきているので、肝は据わっている。

ひとりは元タレントで神奈川県警の広報課から転属になった石黒里美《いしぐろさとみ》。もうひとりは警視庁公安部外事課だった岡崎雄三《おかざきゆうぞう》だ。

ふたりとも潜入すべき売春組織が廃業してしまったので、現在は待命中であった。

使える要員だ。

「それぞれにある人物の行動確認をしてもらいたいの」

真木は窓際の応接セットに座っていた。全面ガラスの窓から骨董《こっとう》通りが見える。向かいはアップルパイが美味しいカフェだ。

「はい」とふたりが声を揃《そろ》えて返事した。

「里美には、この太田浩二というおっさん。雷通の公共事業部の部長」

スマホの中の写真を見せた。三時間前に盗撮したものだ。胸のペンダントヘッドがレンズになっていた。

「スケベが間抜け面をさらしていますね。いくらでもトラップに引っかかりそう」

里美が特徴のあるタラコ唇を尖《とが》らせながら、画像に見入った。

「引っかけてくれるなら助かるわ。その報告だけでも、うちのチームは充分貢献したことになるわ」

今回の事案において、チーム真木はあくまで遊軍である。チーム黒井にとって使いやすい情報と証拠を差し出すだけで十分なはずだ。

「何とかしてみます。方法は成り行きで」

里美が弾む声で言っている。通常任務ではないので、気が楽なようだ。遊軍というのは案外楽しい。

「僕の方は、誰をマークしますか？」

岡崎が聞いてきた。いつものようにダークグレイのスーツに白のワイシャツ。濃紺のネクタイをきちんと締めていた。

「元経産省の官僚、伊達正敏。現在は一般社団法人事業協力センターの代表を務めているけれど、どんな奴《やつ》か知りたいの」

「わかりました」

岡崎はすぐにデスクに向かい、パソコンを叩《たた》いた。

「この男、商務情報政策局のコンテンツ産業課長をながらく務めていますよ。二年前に退官し、事業協力センターの代表に収まっている」

「あからさまね」

真木は岡崎の席へと歩を進め、背後からディスプレイを覗《のぞ》いた。

コンテンツ産業課の所掌《しょしょう》がアップされていた。

コンテンツ産業の発達と改善、調整とある。主に、印刷、レコードなどの記録媒体、そして広告代理店の発達、改善、調整とも書いてある。

「要は、出版社、レコード会社、映画会社、広告代理店の発展のサポートですね。たとえば、アニメコンテンツの海外進出のサポートとか、国のお墨付きを与えたりですね。これ、ほとんど雷通が実質コントロールしていたんじゃないでしょうか」

「官邸にも雷通から出向しているわよね？」

「はい。内閣官房広報調査員は、現在ふたりとも雷通からの出向です。前政権の立共党時代は博東堂、北急エージェンシーからも一名ずつでていたのですが、いつの間にか雷通が独占するようになりました。現政権発足後すぐからですよ」

官邸が発信するＳＮＳはこの二人の雷通マンが作成しているという。

「東京オリンピック誘致の最中でしょう？」

真木にはピンとくるものがあった。

現政権の発足は二〇一二年の暮れ。そして二〇一三年には、五輪開催が決定する。それは、デフレ脱却を目指す、現政権の目玉政策であったはずだ。

「雷通が、この誘致に多大な貢献をしたので、優遇せざるを得なくなったのでしょうね」

岡崎が答えた。パソコンを見つめたままだ。雷通と東京オリンピック誘致の過去記事を読んでいるようだ。

「それに総理や官邸としては、雷通がＳＮＳやメディアを通じて、野党や反対派に様々なバイアスをかけてくれるので助かっているでしょう」

「それもあるでしょう」

「官邸、経産省、雷通、さらに奥がありそうね」

真木はふたたび窓辺により、通りに目を向けた。アップルパイ店から、見覚えのある男が紙袋をぶら提げて出て来たところだった。

モスグリーンのスーツにボルサリーノのハットが似合っている。

バーターズの日本支社準備担当者、香川雅彦だ。本名は知らないが、組対系《マルボウ》の市中潜伏員で、真木が接触を命じられた相手だ。

極道から外資系ファンドのコンサルタントに化けるとは、大した腕の持ち主のようだが、人気のスイーツ店を利用するところなども芸が細かい。

「では、岡崎君と里美ちゃん、それぞれよろしくお願いします」

言いながら、青山通りに向けて歩く香川に目を向けていると、真向かいから選挙プロデューサーの河合杏奈が歩いてきた。香川が紙袋を掲げると、大げさに手を振り、並んで青山通りへと戻っていく。歩きながら香川は右手で、杏奈の尻を撫《な》でていた。もはや完全に手なずけたようだ。

早いな。

真木は軽い嫉妬を覚え、自分の仕掛けも急ぐことにした。

3

東銀座の『第五太宰ビル』は、六階にCM制作会社の『雷通タッチ』、五階に市場調査専門会社『雷通リサーチ』が入居する、雷通別館的なオフィスビルであった。

その真下の四階に『事業協力センター』は存在する。

三階は、不動産会社が経営する貸会議室になっており、二階は画廊とコイン販売店。一階はカフェだ。

一見、よくあるオフィスビルの構成だが、一般社団法人の『事業協力センター』だけが、浮いて見える。

真木は、ここに二十名のエキストラを引き連れて来ていた。

だだっぴろいスペースに、会議室用の長机が教室のように五列並べてある。各列に十名は座れそうだが、ノートパソコンは思い切り間隔をあけて、二台ずつしか置かれていない。

密は避けられているが、恐ろしく作業効率は悪い。

「不備のある書類は、どんどんこのテーブルに置いて」

事業協力センターの職員という栗川千晶《くりかわちあき》が、一番前の机に段ボール箱を並べはじめた。四十歳ぐらいで背が高い。キャメル色のパンツスーツはブランド物に見える。法人の職員というよりもキャリアOLのいで立ちだった。

「不備書類は結構、あるんですか？」

真木は聞いた。

「半分以上はあると思う。とにかく、ほんのちょっとでもミスがあったらこの中へ」

千晶が薄笑いを浮かべている。

「あの、銀行支店名の店番号や、代表者の生年月日が入っていないものとかは」

エキストラのひとりが手を上げて聞いた。本業は交通課の女性警官だ。

「もちろんNG。返送するからこっちに入れて」

千晶は淡々と言っている。想定していたことだが、支払わない気がありありで、呆《あき》れる限りだ。

「返送代、もったいなくないですか？」

真木はわざと目を丸くして聞いた。皮肉のつもりだ。

「切手は、たくさん購入してあるの」

千晶が意味ありげに片目を瞑《つむ》って見せた。彼女も太田同様、真木を仲間として見ているようだった。

「余計なことを聞いてすみませんでした」

軽く会釈し、パソコンに向かって着席しているエキストラたちに向き直った。

「栗川さんの指示にしたがって、不備があった書類は、すぐに箱に戻してください」

それぞれが頷《うなず》いた。

老若男女をうまくキャスティングしていた。いずれも警察官や所轄の職員、元刑事だ。とりあえず、一週間の予定で同じメンバーを確保している。

「おひとり二十五件の入力を目指してください」

朝十時から夕方六時までの拘束だが、昼の休憩が一時間あるので、実質七時間勤務となる。

入力作業と言っても、項目は五点ほどしかない。一番長いのが住所だ。一時間に三・五件の入力は楽勝に思えた。

だが、やってみると意外とペースは遅い。一時間に二件ぐらいしか上がらない。理由は簡単だ。想像以上に申請書に不備が多いのだ。

ひとりが、千晶と並んで座っていた真木のもとへやって来た。

白髪頭の男だ。目に鋭さはない。元刑事ではなく、所轄の庶務課職員だからだ。

「銀行の支店番号が入っていない方が多いんですが、これパソコンで簡単に調べられるんですけど、代わりに書き込んで入力したらまずいんでしょうか？」

「気持ちはわかるのですが、すべての入力担当者に同じお願いをしています。不平等になるとそれはそれで問題になるので、やはり箱に戻してください」

即座に千晶が答えた。

白髪男は、手にしていた申請書類に憐《あわれ》みの視線を送り、NG箱にそっと入れた。

粛々と作業は進められ、一日目が終了した。

完成したのは三百十二件。NGは二百五十件に及んでいた。

「ノルマを達成出来ずに申し訳ありません」

真木は詫《わ》びた。

「いいんですよ。だってこれほどミス申請があったんですから、仕方ないですよ。桜プロモーションさんのせいではありません。太田さんには、私からちゃんと報告しておきます。このペースで早く御用納めが来てしまって欲しいですね」

千晶の口ぶりは、件数が伸びなかったことが、むしろ良かったという感じだ。

エキストラたちは、日当を受け取るとたちどころに帰っていった。

真木は千晶と一緒に帰ることにした。

「私、デパ地下でお惣菜《そうざい》買って帰るから」

そういう千晶と並んで中央通りを銀座四丁目に向かって歩いた。一見して銀座界《かい》隈《わい》の人出は、去年の今ごろと、さほど変わっていないように見えた。

新型コロナウイルスの脅威は相変わらずだが、一方でじっとしていても好機は訪れないという心理が働き、人の動きも活発になり出している。

ある意味、生き残りを賭けて個々の経済活動に勤《いそ》しんでいるようにも見えた。

ただし、大型観光バスは、すっかり姿を消している。通りを飛び交っていた外国語も激減したようだ。

「栗川さんは、事業協力センターには、もう長くいるんですか?」

昭和通りを渡り、銀座三越方面へ歩きながら聞いた。

「いいえ。まだ一年ぐらいよ。それも、今回みたいな具体的な仕事が入ったときだけあのビルに行くという感じ」

「あれ、専任の職員じゃないんですか」

「事業協力センターには代表以外に、専門の職員なんかいませんよ。私は出向できています」

「あら、栗川さんも雷通ですか？」

真木は千晶を向いた。少し乾いた風が、ふたりの間を通り抜けていく。夏の湿り気が徐々に去っていこうとしているようだ。

「私は、人材派遣のペルソナからですよ」

千晶は前を見据えたまま言った。

派遣社員ということなのか？

少なからず驚いた。

その雰囲気を察したように、千晶が続けた。

「派遣社員ということではないですよ。これでも私は、ペルソナの正社員です。ペルソナも事業協力センターの出資社のひとつですからね」

「あっ、そういうことだったんですね」

事業協力センターが受注し、雷通とペルソナが実作業をする。そういうことだ。

特に人材派遣を本業とするペルソナの動員力は大きい。

これだけ大量の申請書類を捌《さば》けるのもペルソナの動員力があってのことだろう。

桜プロモーションの二十名など戦力としてどうでもいいレベルだ。

では、なぜ、うちに発注した？

真木の脳内に疑問が過《よ》ぎった。

「じゃ、私はここで。明日もよろしくお願いね」

銀座四丁目の交差点。

千晶が長い黒髪をたなびかせ、三越百貨店へと小走りに去っていく。正面に鎮座する三越のシンボル、ライオンも今は白いマスクをしている。

ふとそのライオンの像の裏側から、強い視線を感じた。

張られている。

そう直感した。

真木は、その視線の方向には、振りかえらず、いきなり四丁目交差点を新橋方向へと曲がった。

ゆっくり歩く。銀座六丁目信号で、横断歩道を渡る。日比谷側へだ。歩道を渡りながら後方を眺めた。

銀座シックスの前、真木に視線を張りつかせている男とはっきり目が合った。

群衆の中で、男ははっきり真木を見つめていた。ふわっとした髪型にスカイブルーのスーツを着ている。ノーネクタイ。色白で鼻筋が通った顔だ。真木は、男の年齢を二十代後半ぐらいと読んだ。

男は、ビジネスバッグは持たずに、両手をポケットに突っ込んでいる。どうやらサラリーマンではないらしい。

水商売や客引きは、ビジネスバッグを持たないスーツ姿の男に、決して声をかけないという。

風俗担当の潜入捜査で得た知識だ。

男は、視線を逸《そ》らさなかった。じっと真木を見ている。尾行に気づかれ、威嚇に変えたようだ。

真木の方が無視を決め込んだ。

七丁目の虎屋の前で立ち止まる。男も横断歩道を渡り、距離を詰めてきた。ショーウィンドウに男の姿が映った。いつの間にかサングラスを掛けていた。レイバンの円型サングラスだ。すっとぼけて見える。

真木は店内へと進んだ。

「『夜の梅』と『おもかげ』を一本ずつ下さい」

上品な笑顔を浮かべた店員に告げる。

長く重い、虎屋の代表作を購入した。

会計をしながら、入り口を見やると、男はまだ立っていた。

堂々と仕掛けてくる気だ。

真木は豪華な紙袋に入った二本の羊羹《ようかん》を受け取った。ずしりと重い。これも水商売に潜入していた時に得た知識だが、花柳界や芸能界では、お詫びやお礼の重さを表すために、虎屋の羊羹を用いることが多いという。

真木は、違う目的で購入した。

虎屋を出ると新橋方向へと歩いた。男は二メートルほど空けてついてきた。尾行というよりストーカーだ。

資生堂パーラーを通り過ぎ、博品館まで進む。銀座もここで終わりだ。

右折する。新橋ゾーンに入ると、風景が一気に庶民的になった。

とはいえ、囮《おとり》になって歩くのは何度やっても、慣れるものではない。真木の心臓の音が急速に高鳴った。

新橋駅のＳＬ広場を超え、さらに猥雑《わいざつ》な一帯へと進む。

通りに即席のテーブルを並べている立ち飲み店が連なっていた。煙と匂いが充満するこの通りはまるで東南アジアの歓楽街のような趣だ。

スマホを取り出し、どこかに電話をかけるふりをしながら、喧騒《けんそう》を避けるようにひょいと路地に入った。

暗く狭い路地だ。

それでも微《かす》かなビル灯《あか》りに、影は映っていた。

空気の縺《もつ》れる気配がして、背後から、ぬっともうひとつの影が伸びてきた。

「おいっ」

いきなり、男に背中を押された。

予期していたものの真木はつんのめり、黴臭《かびくさ》い土の上に片膝を突いた。虎屋の紙袋は目の前に飛んでいる。

「なにをするんですか」

膝頭を湿った土に付けたまま、真木はゆっくり振り向いた。

4

「お前、何を探っている?」

スカイブルーのスーツを着た男が、真木を睥睨《へいげい》していた。眼光は鋭い。本職か半グレか? さもなくば、チャイナマフィアか。

「いったい何のことですか」

真木は、背中を向け、屈《かが》んだまま聞いた。虎屋の紙袋に手を伸ばす。大事な羊羹だ。

「事業協力センターに潜りこんで、抜き取った情報をどこに売ろうってんだ?」

「なにを言っているんですか」

真木は、虎屋の紙袋の取っ手を握った。まずは一安心だ。

「惚《とぼ》けてんじゃねぇよ。エキストラの仕出し屋が、データ入力なんて笑わせるぜ。お前、企業情報の収集をどこに頼まれた」

男は、低い声でいいながら、尻ポケットからナイフを取り出した。ジャックナイフだ。どうやら真木の素性探しではないようだ。

「ちょっと待ってくださいよ。たしかにうちはエキストラの派遣業ですけれど、いまは、撮影やイベントの仕事なんてありません。どんな仕事でもやって凌がないと、会社が持たないですよ。本業の代わりに、データ入力の仕事を回してもらっただけです。それより、企業情報の収集って何ですか?」

なんとか、この男の正体を探り当てたい。

「しらばっくれているんじゃないよ。お前《めえ》んとこ、ダイナマイトでも朝部《あさべ》エージェ

ンシーの系列でもねぇよな。そんなところが、事業協力センターに潜りこめるって
おかしいだろっ」
男が、背中にナイフの切っ先を当ててきた。
ダイナマイトプロダクションと朝部エージェンシーは、日本を代表する老舗《しにせ》芸能
プロである。いまだ存命中の創業社長は、共に芸能界の首領《ドン》と呼ばれ、多くの独立
プロを系列下に置いている。
七〇年代から政財界と癒着し、さまざまな裏工作に手を貸していると言われるが、
その実態はいまだに判明していない。
「はい、うちはどちらの系列でもないです。というか、エキストラ専門でそれほど
大きなタレントを抱えていません。今回は単純にバーで知り合った方から雷通さん
を紹介してもらっただけです。それも二十名だけの小規模依頼ですよ」
「うるせぇ。他人の利権に手を突っ込んでくるんじゃねぇよ。手を引け」
どういうことだ？
真木は虎屋の紙袋を引き寄せた。振りむきざま、反動をつけて、こいつをいきな
り男の側頭部に叩きつけたら、たぶん脳震盪《のうしんとう》を起こす。
たかが羊羹、されど目方は煉瓦《れんが》に等しい。

「利権って、なんのことですか?」

真木は、虎屋の紙袋に反動をつけて、振り返ろうとした。

「うっ」

虚を突かれたのは、真木の方だった。

男がナイフで背中を切りつけてきた。黒のジャケットが斜めにスパッと切れる。

躊躇《ためら》いのなさが不気味だ。男は、つづけざまに思い切りスカートの裾をめくり上げてきた。

そう攻めてくるか。

男の思わぬ行動に、わずかに動揺した。

パンストは穿《は》いていない。黒のパンティに包まれたヒップが剝《む》き出しになった。

「自分で下ろせよ」

男がナイフの刃先を下げ、股布の中心にあてがってきた。

「くっ」

さすがに背筋が凍る。

「いやです」

真木は首を振った。恥ずかしながら濡《ぬ》れた。

「なら、俺が切ってやる」

男が股布に刃を走らせた。

「あっ」

股布の後部と脇が切られて、長方形の布がハラリと前に落ちる。男子の褌《ふんどし》のようだ。女の秘部が、薄暗がりに晒《さら》された。

これは想定外の展開になった。

潜入捜査に駆り出されたが、まさか挿入捜査にまで発展するとは思ってもいなかった。

「そこの壁に両手を突いて、脚を広げろよ」

男が、カチャカチャとベルトを外す音がする。ファスナーが開く音と共に、ズボンが滑り落ちたようだ。

これは、やられる。

「いやっ」

真木は、逃れようと一歩前に進んだ。虎屋の紙袋は腕からぶら下げたままだ。

「諦めろよ」

男の腕が首に巻き付いてきた。

頸動脈《けいどうみゃく》に刃を立てられる。さすがに抵抗は困難になった。ちょっとした動きで首から鮮血が飛ぶことになる。それはホラーすぎるというものだ。

真木は、おずおずと右隣りの店との境界線になっているブロック塀に手を突いた。塀の向こう側から焼き鳥のいい匂いが漂ってくる。

「尻をもっと、上げて」

命じられるままに、尻を上向きにすると、女の渓谷に、ずるりと剛直が潜り込んできた。

太くて長い。しかも硬い。膣袋《ナカ》が快感に窄《つぼ》まった。

「ううううう」

不本意にも、喜悦の声を上げさせられる。

「入力した会社の社名と代表者の電話番号だけでいいから持ち出してこい。そうしたら、それなりの報酬を渡す」

男がゆっくり抽送を開始する。

「そ、そんなこと、出来ません。監督者がついているんですから無理です」

男の鰓《えら》はやけに広がりがあり、膣層の柔肉を、鋭く抉《えぐ》っていく。それがまた気持ちいい。

「無理でもやれよ」

言うなり男は、ピストンを速めた。

「あっ、はぅ」

首筋に刃を立てられているので、身動きがとれない。膣の中だけをヒクつかせ、じっと耐えた。

耐えるほどに、歓喜の渦が、四肢に伝播《でんぱ》されていく。

路地にもうひとり誰かが入ってきたようだ。土を踏む足音が聞こえる。突如、スポットライトを浴びる。

「モデルエージェンシーの女社長がレイプされているという映像は、高く売れるだろうよ」

背後で別な男の声がした。

「颯太《そうた》。俺の顔にはモザイク入れろよ」

挿入している男が言う。声が少し上擦っている。そろそろ極点を迎えそうな声だった。

「心配するな。お前の顔を有名にしたところでなんの得にもならねぇ。でもよ。ガチのレイプ盗撮は人気あるぜ」

いましがた来た男が撮影しているようだ。

「データを持ち出さないと、これを裏動画で配信して稼ぐことになるが、それでもいいのかよ。おうっ、どうなんだよっ」

そう言う男の語尾が完全にひっくり返っている。

これはもう発射時間だ。

「あぁ、はい。なんとかやってみます。ですから、私の動画をネットで流すのは止《や》めてください」

真木は、ぎゅっと膣袋を窄《すぼ》めた。

「んんんっ、おっ」

出た。じゅっと子宮に飛沫が飛んできた。

毎度思うことだが、射精した瞬間の男は、間抜けな感じがする。どんなに知性のある男でも、強面《こわもて》の男でも、それは同じだ。

ナイフを持つ手が弛緩《しかん》した。刃が首筋から離れる。真木は慎重に首を回した。

男がうっとりした表情を浮かべていた。目を細めて、放尿をしているような顔だ。

事実、まだ膣に挿し込まれた肉槍《にくやり》は、ドクンドクンと脈打っている。

射精中の男は、リアクションが取りづらいはずだ。

真木は、上腕と前腕の間にぶら下げていた虎屋の紙袋を手首の方へと滑らせ、取っ手の紐《ひも》を手のひらでしっかり握った。だらりと膝のあたりに下がる。

「いい加減にしてください」

真木は、ゆっくり尻を引き、肉棒を抜いた。

そのまま振り返る。

男の濃紫《こむらさき》色の亀頭から、白い液が、漏れていた。ズボンとトランクスが足首まで落ちている。

「俺にもやらせろよ」

男の肩越しで、ライトを点灯させたままのスマホを翳《かざ》した颯太という男が、にやけた顔を見せた。同じような髪形に、黒のスーツ。

スマホを掲げながらも、もう一方の手で、ファスナーを下ろし、中から肉棒を取り出そうとしていた。

目の前にいるのは射精したばかりの男。

その肩越しにいる男は、男女の結合状態を撮影し、発情してしまっている状態だ。

チャンスはここしかなかった。

「もう、いやよっ」

真木は、恐怖にかられた女を演じて、羊羹が二本入った紙袋を思い切りかち上げた。ずしりと、目の前の男のキンタマにめり込む。

安全靴で蹴り上げたのと同じ威力だろう。

「くはっ」

男の顔がいきなり皺《しわ》だらけになった。苦悶《くもん》にきつく目が閉じられる。次の瞬間、動物のような叫び声を上げ、地面に頽《くずお》れた。

「おいっ、桜井《さくらい》っ、そんなでかい声なんか出すなよ」

颯太が、顔を顰《しか》めた。事情をよく飲み込めていないようで、肉棹《にくざお》を突き出したま ま、真木に接近してきた。

「いやぁああああああ。乱暴しないでっ」

生娘のような声をあげ、颯太に突進した。

窮鼠《きゅうそ》、猫を嚙《か》むの体《てい》だ。

肩で颯太の胸部を強く突く。

キャリアだが、逮捕術として、キックボクシングを学んでいる。正直二人ぐらいならば、挿入などさせずとも対処できた。だが、いまはその技は封印する。

あくまで、格闘には無縁の素人《しろうと》女を装うことだ。

「おいっ。わっ」

突然の体当たりを食らった颯太は、土の上に両膝を突いた。スマホを落とした。

「私のエッチ動画、ネットになんか絶対上げさせない」

真木は、スマホを思い切り踏んだ。液晶に蜘蛛《くも》の巣が走る。

「てめぇ、何しやがる」

颯太が立ち上がった。勃起したままだ。

「いやぁあああああ、私に近づかないでっ」

真木は狂ったように虎屋の紙袋を振り回した。無茶苦茶に振り回しているように見せかけて、その実、黒い肉棹の尖端《せんたん》を狙っていた。

紙袋の角が、颯太の亀頭に突き刺さる。

颯太はいきなり涙目になった。

とどめに、こいつの睾丸《こうがん》にも紙袋の底をアッパーカットで食らわせた。

「ぐえっ」

颯太は口から灰色の液体を吐き、桜井の真横に倒れ込んだ。

真木は、スマホを拾い上げた。

「これ、警察で解明させますからね」

スカートの裾を直し、路地を飛び出す。ノーパンで走るのは、妙な気分だった。

5

「えっ、昨夜、そんなことがあったの？」

栗川千晶が目の端を吊《つ》り上げた。翌日の午前中だ。

「はい、新橋の警察にも届けました」

真木はそう伝えた。

正確には、西麻布の『バンク』に行き、マスターにスマホを渡したのだ。おそらく香川に届けられる。

もともと組織犯罪対策部の特殊班の事案である。あのふたりを別件逮捕し、背後関係を調べるといい。

「データを持ってこいとは、きっと半グレ集団ね」

千晶が唇を噛んだ。

真木はその眼を覗き込んだ。瞬《まばた》きがやや早い。動揺しているのか。

特に真木が警察という言葉を発したときに、視線が泳いだ様に見える。

昨夜のことは、雷通の太田や千晶が仕組んでいた可能性も捨てきれない。真木が警察関係者か別な反社組織にかかわっていないかを調べるための、彼らなりのリトマス試験紙だ。

だから、真木はわざわざ素人を装ったのだ。

「半グレがデータを盗んでどうするんですか？」

真木は聞き直した。

「その会社に、事業協力センターを名乗って電話するのよ。最初のひとりが『書類は受け取りましたが、振り込みまでに半年かかります』とか『書類に不備があってやり直しになります』といって、翌日、架空の司法書士が『三週間で振り込ませるように手を回します。先に手数料五万円をお願いします』ってやるわけよ。いまそうした詐欺が流行《はや》っていて、何度かここにもクレームが入ったわ」

「新手の特殊詐欺ですね」

「そういうこと。他にも『給付金の振込先の銀行カードを渡してくれたら五割先行融資します。なあに、その口座は空にしておけばいいんですよ。給付金が入金したら、うちが引き下ろしますから』という手口もある。確実に入る金なら、一か月前に半額で買い取っても効率がいいというわけよ」

半グレが考える手口は、いちいち時流に乗っている。

「でもどうして、私が、狙われたんでしょう。しかも初日です」

真木は、さらに千晶の目を覗きこんだ。

「さぁ、半グレは芸能関係にかなり食い込んでいるというじゃない。エキストラさんの誰かが、データ入力の仕事でしのぐとSNSの何かで発信すれば、すぐに気づくわよ」

千晶がもっともらしいことを言った。

本音を言っているのか、誤魔化そうとしているのか、判然とはしない。

真木は深追いは避けた。いずれ、特殊班が、スマホの中身を復元し、彼らの正体に迫ることだろう。

いま、自分がシロクロをつける必要はどこにもなかった。

そう迫ることは、むしろリスクだ。

千晶もそれ以上、何も語ろうとしなかった。

ふたりで、エキストラ二十名のデータ入力作業を見守った。今日も、ミスと断定される申請書がやたらと多い。

正午。昨日と同じように、昼の休憩となった。

エキストラたちのほとんどが昼食を持参してきており、それぞれ、デスクの前で広げ始めている。

「私は、ちょっと五階の雷通リサーチを覗いてくるわ。あちらの入力作業にも、うちの人材を派遣しているのでね。たぶん、リサーチの責任者とランチに出ることになると思うけど、桜田さんは？」

「私は、朝、コンビニでサンドイッチを買ってきていますので、ここでいただきます。いちおう、責任上、見守っている必要もありますので」

監視とは言わなかった。

「そう」

千晶は部屋を出て行った。

真木が、三角サンドイッチを食べていると、エキストラの女がひとり近づいてきた。上原亜矢《うえはらあや》。チーム真木のメンバーだが、今回は、売れない役者で、居酒屋勤務の東野美奈《ひがしのみな》という役を演じている。

「あの、明日はお休みをいただきたいのですが」

「あら、急ですね」

真木は、驚いたような顔をして見せた。

どこかに監視カメラがあるはず、と読んでいる。そうでなければ、申請書類のある貸会議室に真木たちだけを残しておくはずがない。

自分らが半グレ集団の手先なら、この時間にいくらでも申請企業のメモを取ることが出来る。

メモの手渡しでも、手話でも、監視している側は、不信感を抱くはずである。

エキストラたちとは、距離のある関係を装っている。

チーム真木には符牒《ふちょう》がある。

『お休みをいただきたい』は『指定の場所に報告書を入れてある』ということだ。

「すみません。代わりに、同じ劇団の新垣《あらがき》さんが来てくれます」

「わかりました」

その女も、チーム真木のメンバーだ。亜矢は、相当重要な情報を仕入れたということだ。だから、本日をもって消えた方がいいという伝達だった。

亜矢はすぐに自席に戻っていった。

真木は、何ごともなかったかのように、サンドイッチの昼食をとり続けた。他のエキストラたちもソーシャル・ディスタンスを取っているので、雑談をすることもなく黙々と昼食をとり、文庫や週刊誌を読んでいる。

スマホの使用は禁止されているからだ。

真木はすぐに動かず、千晶が戻るのを待つことにした。自分は、エキストラたちをきちんと監視していた、というアリバイが必要であった。

午後一時、きっかりに千晶が戻ってきた。

「ごめんなさいね。ひとりじゃ動きようがなかったわよね」

千晶が言った。

おそらく雷通リサーチから、誰かと一緒にこの会議室の様子を覗いていたはずである。

そのぶん、こちらも演技のしがいがあったということだ。

「いいえ、大丈夫です。でもちょっとだけ、お手洗いに行ってきていいですか」

「もちろんよ。私が見ているから平気です」

千晶はそう言って、エキストラたちに、さぁ、午後も頑張って、と発破をかけていた。

真木はトイレに入った。

手前の個室。

とりあえず座る。スカートもまくらず、ショーツも下ろさない。水栓の音だけを出した。

トイレットペーパーの下に、封の切っていない四個入ロールが予備として置いてあった。亜矢が置いたものだ。

備え付けのペーパーは、だいぶ残りが短くなっていた。

真木は残りのペーパーをすべて取り出し、便器《ボウル》の中に捨てた。芯はあえて床に置く。

予備の四個入のロールの封を切った。

手前のひとつを取り出し、芯の中を覗く。メモがあった。抜き出して開く。数字の羅列が並んでいる。

脳内で訳した。

【雷通タッチでバイトしている男と今朝まで飲み明かしていたので、昨夜中に報告できず申し訳ありません。ひとつわかりました。雷通タッチに届いている企業の申請書は、ミスがあろうが、入力者が訂正して、どんどん振り込みに回しているそうです。どうやら、特定の企業の申請書が、雷通タッチには集められているようです。数名の政治家からも電話が入り、その関連企業の申請書を優先的に探し出すように命じられたことも何度もあると、言っていました。民自党の幹事長の秘書からの電

話が一番多かったと】

なるほど、そんなカラクリがあったわけだ。

それらの企業は、本来は実体のないペーパーカンパニーである可能性が高い。昨年の事業実態などは急ごしらえにでっち上げているはずだ。

だが、審査しているのは仲間内ということになる。国税が摘発するにも、件数が多すぎるのと、政治家絡みの企業であれば、手が付けにくい。

ひょっとしてこれは、選挙資金の還流システムではないか。真木はそう思った。

メモは細く破り、水洗で流した。

会議室に戻ると、千晶が耳打ちしてきた。

「ねぇ、今夜、雷通の太田さんから、桜田さんを連れてくるように言われたわ」

「えっ？」

真木は聞き返した。

「事業協力センターの代表と一献しましょうと。私は案内するだけです」

「どちらにですか？」

「飯倉《いいくら》にあるペルソナの保養所。いちおう福利厚生施設ということになっているけれど、社長が政財界や芸能人を接待する場所として使っているんです。ペルソナの迎賓館と呼ばれている施設よ」

「えーっ。私なんかがそんなところにですか？」

真木は目を丸くして見せた。望むところだ、という下心は、ひたすら隠す。

「途中から当社の会長、中本《なかもと》も参加すると思います。会長は、桜プロモーションさんに、とても興味があるようです」

「わかりました。ちょっとビビりますが、お伺いさせていただきます」

真木は頷いた。

魑魅魍魎《ちみもうりょう》の館に忍び込むことになる。

そこでほぼ自分の任務は完遂されることになろう。真木はそう確信した。

夕方になった。

ビルの前で、千晶が出てくるのを待った。

スマホが鳴る。

岡崎からだった。

【雷通の太田と元経産省で事業協力センターの伊達正敏は、民自党の幹事長、後藤《ごとう》俊博《としひろ》に繋《つな》がっています。総理も知らない裏資金を、自派の新人や他党を脱党して無所属になった議員の応援資金に回しているようです】

なるほど。
さすがに、その裏どりは、自分の仕事ではない。
ペルソナルートを解明したら、あとはチーム黒井に任せたい。
エロ担の出る幕は、今夜までだ。
「お待たせしました」
千晶が出て来た。化粧直しをしてきたようだ。メイクが一段と派手になっている。
同時に目の前に、鰻《うなぎ》のように長いリムジンがやって来た。
気恥ずかしくなるほど派手で豪華なリムジンだった。

第四章　覇権争い

1

「真木洋子から連絡がない、ですって？」

黒井は、さすがに声を尖《とが》らせた。

対面しているのは内閣情報調査室次長、菅沼孝明だ。

千代田《ちよだ》区永田町《ながたちょう》一丁目の内閣府庁舎の情報調査室次長室。黒井は十三年ぶりにこの庁舎を訪れていた。

菅沼に緊急に出頭するように命じられたのだ。この十三年間で一度もなかったことだ。

黒井の工作員としての原戸籍はここ、内調《サイロ》になる。

出向先戸籍が警察庁。現住所が極道だ。

任期はあと七年ほどで、明ければ、晴れて工作員教授の職が待っている。それまでは、闇の中にいるしかない。

「雷通と事業協力センターにうまく潜りこんでくれたのだが、本命のペルソナに接近したところで、音信不通となった」

菅沼が相変わらずの能面の表情のまま言った。

「やられたのでしょうか？」

助っ人として入ってもらった風俗潜入班のトップにもしものことがあっては、特殊班としては、申し訳が立たない。

「いや、あえて連絡を絶っていると思われる。真木君が消息を絶ったのは、ペルソナの飯倉迎賓館だそうだ。彼女はそういう場所への潜入のプロだから、さらに深く潜ったのではないかというのが、うちと桜田門の共通の認識だ」

菅沼の声が、いつも以上に低い。

――彼女は、そういう場所への潜入のプロ？

菅沼のその言葉が、黒井の脳に響いた。何度か反芻《はんすう》した。

なるほど、菅沼の魂胆が見えてきた。

ペルソナは、単に人材派遣会社の大手というだけではなく、政財界や芸能界に影響力を持っている。

その影響力の源が、巧妙な美女接待と言われているのだ。

合法的な美人局《つつもたせ》とも評され、数年前にも覚せい剤で逮捕された有名芸能人の愛人が、ペルソナの女性社員だったと報道されたりもした。

「雷通に潜らせるのは、神野よりも女性潜入員の方がいい、とおっしゃったのは、そういうことだったんですね」

性風俗専門の潜入員。真木洋子。彼女ならば、ペルソナの奥の院の仕組みを暴き出してくれるかも知れない。

「餅は餅屋という。真木君と彼女のチームメンバーがペルソナルートは解明してくれるだろう」

菅沼がローテーブルのティーカップに手を伸ばした。濃い色の紅茶だ。小皿に高級そうなビスケットが添えられている。

英国風を気取っているわけではない。酒も煙草《たばこ》をやらない代わりに、強いカフェインに刺激を求めているようだ。

「神野の最初の役目は終わったと考えていいですか？　それとも起業家サロンの動

きをまだ追わせますか？」

　黒井は確認した。

　菅沼に、紅茶とビスケットを勧められたが、黒井は辞退した。ビールと唐揚げなら喜んでもらう。菅沼が言った。

「選挙プロデューサーの河合杏奈を落として、真木を雷通に潜りこませたところで、第一次工作《ファーストミッション》は終了したとみてよい。再びホリーズ・ハイに入ってもらうこともあるだろうが、それより本筋に戻してやってもらいたいことがある」

「それはどういうことで？」

「ペルソナに入る前日に、真木君が新橋で襲われている。真木君がわざわざ、新橋署に届けてくれた。捜査一課で洗ってくれということだろうが、これは、闇処理したい」

「警視庁の方には了解が取れているのですか？」

「総監とダイレクトに話がついている。現場付近の映像資料は、すでに捜査支援分析センター《SSBC》に揃《そろ》っている。真木君が届けた、相手が持っていたスマホもSSBCで復元してあるそうだ」

「わかりました。そっちの仕事の方が、神野には合っています。すぐにやらせましよう」

黒井は、スマホを取り出し神野にメールを打った。

「ただし、神野君が現在押さえている選挙プロデューサー河合杏奈は、そのままキープしておいてほしい。こちらの駒として十分使えるからね」

菅沼が言った。抜け目のない男だ。

黒井が立ち上がろうとしたとき、次長席の固定電話が鳴った。

新たなビスケットを齧《かじ》ったばかりの菅沼が即座に立ち上がり、受話器を取り上げた。

電話の相手は不明だが、菅沼の眉間の皺《しわ》が急速に深くなった。

窓の向こう側に総理官邸が見えた。

黒井は立ち上がり、辞去を示す会釈をすると、菅沼が、まだ残るようにとソファを指さした。

何事だ？

「わかりました。すぐにそちらに伺います。ええ、裏通路《バックロード》を使用しますので、通達をお願いします。それと、工作員をひとり帯同しますが、よろしいでしょうか。ええ、ここからの局面に必要な男です」

俺のことを言っている。黒井は、片眉を吊《つ》り上げた。

菅沼は、ネクタイの結びの緩みをただすと、緊迫した表情で黒井を向いた。

「一緒に、来てくれ」

「どうしたのですか？」

黒井は聞いた。

「国家の一大事だ」

それだけ言って、菅沼は扉を開けた。黒井は、慌てて続いた。

階段を使い、一階に下りたが、菅沼は玄関には向かわなかった。一階通路の奥へと進む。

立ち入り禁止と書かれた灰色の扉の前に警備員が立っていたが、菅沼が手をかざすと、誰何《すいか》することもなく、扉をあけた。

教室ほどの広さの空間をさらに奥へと進む。防災扉があった。菅沼自らが鍵を挿し込み、把手《とって》を引く。かなり重そうな鉄扉だ。

黒井が手伝った。

鈍い音を立て、鉄扉が一メートル幅ほど開く。人が通るには充分な間口だ。菅沼が入った。黒井も続く。手を離すと鉄扉が音を立てて閉じた。

暗く饐《す》えた臭いがする。

菅沼が、スマホを取り出しライトを翳《かざ》した。幅二メートル、高さ三メートルほどの通路が続いていた。

「この通路は？」

さすがに黒井も聞いた。

「情報機関の入るビルだぞ。裏通路があってもおかしくないだろう」

菅沼が言い、小柄な体をどんどん前に進めていく。

黒井はそれ以上、言葉を発せず、菅沼に続いた。胸が騒いだ。内調《サイロ》の次長がこれほどまでに慌てているのだ。

いったい何が起こっている？

短い通路の先に十五段ほどの階段があった。菅沼と共に降りた。

壁に突き当たり、左に長い通路があった。真っ暗闇である。

黒井も自分のスマホを取り出し、ライトを翳した。菅沼のスマホとダブルになる。

正面に向けたが、先も闇のままだった。

この地下通路は五十メートル以上あるようだ。黒井は直感した。

速足で、ひたすら進む。

突き当たりの右側に再び階段があった。やはり十五段ほどだ。上り切ると、ここにも大きな空間があった。照明がついている。

菅沼は扉の前に進んだ。黒井も続く。

インターフォンがあった。真横に指紋認証センサーが取り付けられている。

「0077だ。同伴者がいる」

菅沼がそう言い、指紋認証センサーに人差し指、親指、小指の順にタッチする。

一秒後、解錠を示す、無機質な音がした。

扉は自動で開いた。

扉の先はエレベーターホールのようだった。

黒いスーツを着た眼光の鋭い男がふたり立っていた。それぞれイヤモニターを付けている。襟章はピンマイク。ひと目で警視庁警備部警護課のSPだとわかった。

ここは？

黒井は一瞬戸惑ったが、すぐに気づいた。

総理官邸だ。

それも、裏側の特殊出入り口のようだ。官邸と内閣府は通りを隔てて建っているが、地下道で繋《つな》がっているということだ。

都市伝説の正体を、自分だけが知った思いだ。

ＳＰのひとりが、すでにエレベーターを開けてくれていた。

「指示をいただいております。どうぞ」

菅沼と黒井はすぐに乗り込んだ。

「正面からは入れんからな」

エレベーターの扉が閉まると同時に、菅沼がようやく黒井に言った。

「エントランスには常に総理番記者たちが張っていますからね」

黒井は答えた。

官邸記者クラブに所属する各社の記者たちが、常時総理と官房長官の「入り」と「出」を待ち構えているが、彼らの目的はそれだけではない。

来訪者のチェックだ。

全国紙の政治面には、たいてい前日の『総理の一日』が掲載されている。そこには総理番記者が追った総理の行動記録と共に、官邸番記者が記録した訪問者の記録が必ず掲載されている。

事実、官邸はその取材をオープンにしており、五階の総理執務室への入室は、モニター映像で見られる仕組みになっているのだ。

開かれた官邸。

表向きにはそうでなければならない。

この情報を、海外の情報機関も注視している。それもまた事実だ。閣僚や党幹部だけではなく、公安部長、内調室長、財界関係者の面会時刻と滞在時間も、しっかり新聞に載ってしまうのだ。

「午後三時四十二分、菅沼孝明内閣情報調査室次長。などと書かれてもいかんしな」

菅沼が、嗄《しわが》れ声で言った。

やはり行先は総理執務室のようだ。

「ですが、執務室の前には、記者たちが覗《のぞ》けるモニターカメラがあるのでは？」

黒井は疑問を呈した。菅沼はエレベーターの扉を見つめたまま答えた。

「五階も別ルートで進む」

扉が開いた。

そこは、すでに部屋だった。応接セットだけが置かれている。だが、総理執務室にしては狭すぎる、黒井はそういう印象を得た。

「決まりですのでチェックさせていただきます」

ここにもSPがふたりいて、菅沼と黒井は、それぞれボディチェックを受けた。

「失礼しました。次長、どうぞお進みください」

SPのひとりが言い、扉の方へと腕を伸ばした。どうやらこの応接室は、いわゆる前室のような存在らしい。

菅沼が正面の分厚いマホガニーの扉を開けた。

「長官、お待たせしました」

菅沼が進み出る。

そこにいたのは、長谷部伸介総理の懐刀と呼ばれる官房長官、佐々木豊一《ささきとよかず》であった。どうやらここは官房長官執務室のようだ。

佐々木は木製の執務机に座ったまま、顔を上げた。

「早速だが、年内総選挙になった場合の読みは」

いきなりそう切り出してきた。七十一歳。地方議員から這《は》い上がった叩《たた》き上げの政治家である佐々木は政界の寝業師の異名をとる。

「民自党は完敗します。百議席は落とすでしょう」

菅沼が速攻答えた。噂《うわさ》通り、内調《サイロ》は現内閣の選挙区動向を常に観察しているようだ。

「立共党は？」

「選挙区調整が整えば、五十議席は伸ばします」

三年前に分裂した国政党と再合流したばかりだが、選挙区調整がまだ整っていないはずだ。

「まだ、政権はキープできるな」

「公正党の協力があれば、安定多数は維持できます、ただし憲法改正は不可能になります」

菅沼は淡々と伝えている。

佐々木は目を閉じた。考え込んでいるようだ。

官房長官執務室に、重苦しい空気が流れた。黒井は菅沼の背後に、ボディガードのように後ろ手を組んで直立したままだった。何かを言える雰囲気ではなかった。

菅沼が沈黙を破った。

「総理の容態は？」

「かなり悪い。まさか、いきなり昏倒《こんとう》するとは思わなかった。吐血もしている。いま医師が見ているが、大腸炎潰瘍が癌《がん》に進行していなければいいのだが」

佐々木が唇を嚙《か》みながら言った。

長谷部総理にはもともと潰瘍性大腸炎という持病がある。政権が安定している間はストレスも少なく病状も悪化せずに健康を保ってきたのだろうが、新型コロナウイルスの感染拡大に対するちぐはぐな政策で支持率が急落したことから、強いストレスがかかったようだ。

もともと三代に亘《わた》る政治家一家の御曹司である。メンタルはさほど強くない。

「執務室で倒れたのが幸いしましたな」

菅沼が総理執務室の方を眺めながら、額に手を当てた。

これは確かに国家の一大事だ。

2

「とりあえず、薬で押さえました。二時間ほど眠っていただくことにしました。ですが、急遽《きゅうきょ》消化器全体の精密検査が必要です。場合によっては循環器も。医師としては、長期の静養を進めざるを得ないのですが、何分、一国のトップですから、政治判断もございますでしょう。我々としては、指示に従い、後方から全力でサポートします」

総理執務室から出て来た医師がそう告げた。信濃町《しなのまち》の大学病院の消化器外科の准教授だ。

「樋口《ひぐち》先生、メディアや他国に気づかれないように、バックアップにはどんな用具が必要でしょう？」

官房長官、佐々木が聞いた。

「救急車に見えない救急車が必要です。厳密にいえば、医療処置室の付いた車ということになります。そこに医師を常駐させ、総理のいる場所に必ず同行させます。我々が所有している車は、白色で大学病院名が入っているので、見え見えになってしまいます」

樋口が言った。

これには内調の菅沼が答えた。

「わかりました。そちらの理事長に連絡して、その医療専用車を買い上げることにします。見た目を黒の大型ワゴン車に変えます。なあに、一日で出来ることです」

「それがあれば、目立たず、どこにでも同行できますし、もちろん、この官邸の駐車場に詰めていることもできます」

樋口が落ち着いた口調で返答した。

「そうして欲しい」

官房長官がうなずく。医師は、今夜は官邸内の医務室に詰めると言って、退室していった。

官房長官、内調次長、医師は応接セットに腰を下ろして話していたが、黒井はすべて立ったままで聞いていた。

こういった場面では、空気のような存在になるのが礼儀だ。

「菅沼《スガ》さんや。これは総理が寝ている間に、段取りを行って欲しい」

佐々木が、備え付けの小型冷蔵庫から、麦茶のペットボトルを三個取り出した。

菅沼と黒井に一個ずつ差し出してくる。

極秘面談なので、秘書や職員を入室させていないとはいえ、すすんで自分から客にペットボトルを配るところなどは、いかにも叩き上げの政治家らしい。

「後藤幹事長はすでにご存じで？」

あらたまって菅沼が聞いた。

「すぐ連絡しないわけにはいかんわな。官邸のあちこちに後藤さんと繋がっている人がおる。わしが即座に連絡せずに、補佐官の誰かから耳に入ったら、速攻、裏切ったと勘ぐられる。そういう人だ。今日は和歌山に行っているようだが、いずれすっ飛んでくるだろう」

「後藤派は、総選挙に関してはすでに戦闘態勢に入っていますが、総裁選びとなると誰を担いでくるのか、皆目わかりません」

菅沼が、麦茶を喉を鳴らして飲み始めた。

黒井も軽く会釈したまま飲んだ。話しかけられない限り、自分から何か口を挟む立場にない。

「後藤さんも面食らっているはずだ」

佐々木が顎を扱《しご》きながら言う。ときどき天井に視線を這わせている。何を考えているのか、黒井には想像もつかなかった。

「幹事長は、総理の四選もありうるとちらつかせながら、石橋《いしばし》、岸本《きしもと》の両候補者を天秤《てんびん》にかけているフシがありましたからね。ご自身の派閥からは擁立せず、黒幕に徹しようとしている」

そう菅沼が答えていた。

黒井にも理解できる内容だった。

「要するに、あの人は幹事長職を手放したくないんだ。民自党の金庫を自由に使いたい、それだけのことですよ。表向きは長谷部総理を持ち上げているけれど、党務に無関心な総理を単に扱いやすいと思っているだけでしょう」

佐々木が苦々しげに言う。

黒井は首を傾《かし》げたくなるのを堪《こら》えた。

官房長官の佐々木と民自党幹事長の後藤の関係が伝聞と異なるのである。

ふたりは、同じ党人派として気脈は通じていたのではないか？

後藤が佐々木を『同じ土の香りがする政治家』と称賛する記事を読んだことがある。

「まぁ、後藤さんは、派閥を率いる覇権主義者ですからね。無派閥で、一貫して長谷部総理を支えて来た佐々木さんとは、根本的に違いますよ。後藤さんは、現在こそ第四派閥ですが、さらに増やそうとしています。私としては、ちょっと厄介な存在ですね」

菅沼は、ここで『厄介』という言葉を使った。

佐々木が、ギラリと目を光らせた。菅沼が続けた。

「チャイナですよ。後藤さんは、チャイナ利権に関して積極的です。長谷部総理が、完全にホワイトハウスだけを向いていたのに対して、後藤さんは、両天秤を狙っていますが、内調《サイロ》の立場で言えばとても危険です。香港《ホンコン》を見てもわかる通り、彼らは十年、二十年という時間をかけながら、徐々に既成事実を積み上げながら、実効支配を強めてきます。逆に日本の政治家は、自分が権力の座にいる間に、利権を握っておきたいと考えがちです。後藤幹事長はすでに八十二歳。何事も急ぎたがるでしょう。我々はそこを恐れている」

菅沼は落ち着いた口調で伝えている。

つまり、後藤は、自分のチャイナ利権確保に都合のいい候補者を担ぎ出してくるということだ。

「まぁ、内調としては、中国と手を組む政治家は排除しておきたいということになるな」

佐々木は鷹揚《おうよう》に頷《うなず》いた。

「総裁選となれば、久しぶりに実弾が飛び交うでしょうね。後藤さんは、自分の意のままになる候補者のために相当額の資金調達もするでしょう」

「おいおい、菅沼《スガ》さん、いくら幹事長だって、民自党の金庫の金を自由には出来ない。それに後藤さんは、派閥の領袖とはいえ、財界からの支援もそれほど強いわけではない。そこは伊勢谷《いせや》副総理ががっちり押さえているからね」

佐々木が上半身をローテーブルに乗り出してきた。菅沼も顔を前に出す。

「長谷部総理や伊勢谷副総理の支持者は、旧財閥系や日本のエスタブリッシュメント層を形成する巨大企業がほとんどです。それに長谷部ブランド、伊勢谷ブランドに、なにかとあやかりたい中小企業も応援団として加わっています。彼らは、基本保守です。後藤さんは手を突っ込みにくいでしょう」

「私も同じだよ。政治家は実力だけではなく、ブランド力が集金能力となるからね。叩き上げの私らは、その辺が弱い」

「後藤さんは、それらエスタブリッシュメントたちとは異なるベンチャー企業や、ブランドよりも実利を重視する新興企業などから資金を吸い上げています」

菅沼が断定的に言った。

「内調は、ずいぶん前からマークしていたのか？」

佐々木はじっと菅沼の顔を見た。菅沼は答えなかった。黒井には鶴が二羽、顔を見合わせているように見えた。

佐々木が押した。

「後藤さんは、誰を担ぐと思う？」

「総理が禅譲しようとしている岸本先生ではないと思います」

「石橋か？」

「おそらく……」

菅沼がそこで一息入れて、続けた。

「石橋先生は、総理になりたいが派閥も小さく金もない。幹事長の恰好《かっこう》のマトになるでしょう。だから、数年前から、岸本派にはなにかと喧嘩を売っていましたね」

「岸本派候補の選挙区で無所属候補の支援をしたり、自派の準会員にしたりした件だな」

佐々木も、麦茶を飲んだ。

「そうです。あの頃から、次は石橋先生を推すと決めていたのでは……」

「まぁ、わしも同じ読みだよ。だが、後藤さんもまだ準備が万全ではないだろう」

佐々木が立ち上がった。

きっかり三十分が立っていた。

菅沼も立ち上がった。

「長官、紹介しておきます。市中工作員の黒井です。宮園治夫、美登里夫妻の件、裏をとってくれました。これから後藤さんの背後を洗わせようと思っています」

佐々木が笑顔で近づいてきた。

「私は、何も依頼しておらんよ。長谷部総理には、確かに問題が多かった。だが、外交においては、はっきりした姿勢を打ち出したと思う。それを後退させたくなくてね。こんな時節だが、ひとめがあるわけでもないので……」

と手を差し出してきた。

「自分の任務は、必ず遂行します。半グレや外国勢力が政治と結びつくとろくなことがありませんので」

現政権についての意見は差し控える。それが現場工作員の心得だ。

どう感じたのか、わからない。ただ、佐々木は、頬だけを少し緩め、総理執務室へと続く扉を開けて、消えていった。

菅沼と黒井は、再び地下道を使って内閣府へと戻った。

3

「泳がされているとも知らず、いい気なもんだな」

有楽町《ゆうらくちょう》と新橋駅を結ぶ高架線下の飲食店街。ナンパの名所だ。

パナマ帽をあみだに被《かぶ》った神野は、一軒の立ち飲みバーの前に立ち、店内を覗いていた。

ふたりの男が、ＯＬ風の女をナンパしていた。

羽村《はむら》颯太と桜井正樹《まさき》。真木を襲ったというふたりだ。

「警察もやりますね。いったん逮捕して、すぐ証拠不十分で釈放《パイ》にするなんて、誰でも安心しますよ」

神野組の切り込み隊長、内川朝陽が首を回しながら言った。今夜はシルバーの総入れ歯をゴールドに替えている。嚙み心地がよさそうだ。

新橋付近の防犯カメラや街頭監視カメラから捜査支援分析センター《SSB》はふたりが住む湯島《ゆしま》のマンションを突き止め、新橋署が張り込み逮捕したのだ。

ふたりは上野のホストだった。ケツ持ちは新興半グレ集団『儀銅鑼《ギドラ》』。おそらくふたりも儀銅鑼のメンバーであろう。半グレの特徴は、準暴力団でありながら、別に正業をもっていることだ。

働かないことを前提とする極道とは、そこが根本的に違う。

だが四十八時間の送検期限いっぱいで、釈放した。ふたりは強姦《ごうかん》を否認しつづけ、警察が証拠不十分としたのだ。

真木が届けたスマホの画像は、復元されたが、警視庁も新橋署もそれは秘匿した。

彼らはスマホが真木に踏みつけられ、消滅したと思っていることを逆手に取ったのだ。

「バカな奴《やつ》らだ。ちょいと考えたら、こんなもんすぐに復元できるとわかるだろうに」

神野は、自分のスマホに取り込んだ、真木がバックから犯されている動画を眺めながら呟《つぶや》いた。

真木に突っ込んでいるのは、間違いなく今目の前の店ではしゃいでいる桜井正樹だ。

「いい女ですね」

横から織田史郎が覗き込んできた。

歌舞伎町のホストクラブ『キングスロード』の店長だ。現在は神野組の傘下としてシノギを上げている。

今夜、神野は織田をナンパのプロとして連れてきている。

「この女に手を出したら、逮捕されるだけじゃすまされんぞ。お前の仕事は、あのふたりが粉をかけている女を横取りすることだ」

「はいっ。取った後はどうしましょう?」

織田が、女を眺めた。いかにも大手町界隈《かいわい》で働くキャリアOL風だった。

「モチベーションが上がります」

「なら先に俺とお前で行こうぜ。店には迷惑をかけたくねぇ。あいつらがゴロをまき始めたら、すぐに表に出る。内川はそれまで待機だ」

スキンヘッドに黒のスーツを着た内川が、ニッと金歯を見せて笑った。純金の山が三角に尖っている。こいつが部下でよかった、とつくづく思う。

立ち飲みバーに入った。

楕円形のカウンターに、びっしり客が並んでいる。対面式の飲み屋ではないので、新型コロナウイルスに対しても、油断があるようだ。カウンターに脇腹を付けて、客同士は向かい合っているのだから、余計、顔同士は接近しているというものだ。

酔ってテンションが上がっているので、声も大きくなっている。

どんな極悪非道な人間も怖くないが、新型コロナウイルスは怖い。刺されて死ぬのはいいが、呼吸が出来なくなって死ぬのはいやだ。神野はそう思っている。

「織田、長居は無用だ。さっさと奴らを怒らせて、店を出ようぜ」

「わかりました。すぐにやっつけます」

織田が、さりげなく桜井の真横に立つ。神野はその横に割り込んだ。生ビールとチーズ春巻きを頼む。

桜井は背中を向けていた。

キャメルカラーの夏物のスカートスーツを着たＯＬ風の女が、赤ワインを片手に、桜井を見つめている。うっとりした表情だ。すでに相当飲まされているようだ。

「なんだか、私かなり酔ってきたみたいよ」

その背後に羽村がいた。腕が小刻みに動いている。

さりげなく尻を触っているようだ。

トーク＆タッチ。

マクラ系ホストの常とう手段だ。

「高畠《たかはた》さん、友達も呼びなよ。僕たちふたりだし、二対二の方がいいでしょう」

釣れるだけ釣ろうという魂胆だ。

「うーん、分かった。ちょっと待って。この辺で飲んでいそうな子呼ぶ」

「来てくれるかな？」

桜井が肩をすぼめて見せる。

「三津川物産の男子ふたりと飲み会って言ったら、たぶんすぐ来る」

そう言う肩書を騙《かた》っているらしい。

「いやいや、こっちこそ海堂《かいどう》証券のＯＬさんとなら、ぜひお近づきになりたいというものですよ」

証券会社とは獲物として大きい。奴らはこんなところでキャッチしているわけだ。

高畠と呼ばれた女が、スマホを取り出した。

そのとき、織田が桜井の肩越しにじっと彼女を見つめた。

両手で髪を掻《か》き上げている。

「あのさ、夏樹《なつき》だけど、美憂《みゆ》、いまどこ？」

羽村の腕の動きが早くなった。スカートの中に手を入れたようだ。高畠夏樹の顔がとんでもなくエロくなる。

突然、織田が神野の方に向き直り、

「キャプテン。ローマは久々ですよね。フライト再開出来て本当に良かった」

と言い出した。おっとっと。神野はビールを溢《こぼ》しそうになる。

「あぁ、まったくだ。だが、まだちょっと怖いな。あまり外には出たくないが、先週ここで出会った彼女に、フェラガモの靴を買ってきてやると言っちまった。しょうがないいか」

パナマ帽の庇《ひさし》をさらに上げて言う。

「ちょっと待って。あの航空会社の方ですか？」

夏樹が、桜井の脇から首を出した。

「うん、そうだけど」

すかさず織田が返す。ホストとは、まさしく詐欺師だ。

「美優、パイロットもいる」

夏樹の声が一段高くなる。

「おいっ」

桜井がすぐに振り向いた。

「どうも、三津川物産の方のようですね。僕、大日本航空の織田といいます。パーサーです。すみません、いまは名刺がなくて。一緒に飲んでいいですか？」

織田が落ち着いた調子で答える。

桜井と織田の視線が絡み合う。

「てめぇ」

桜井が夏樹に聞こえないように低い声で唸った。

「三津川物産さんですよね。担当はどこですか？　御社にも大学の同級生が大勢います」

織田は高卒のはずだが、立て板に水のごとく喋《しゃべ》っている。

桜井の眉が吊り上がり、見る間に悪党顔《づら》になった。

「織田さんですね。ちょっと表で、この先の打ち合わせしませんか」

桜井が織田の腕を摑《つか》んだ。織田は笑って頷いている。神野は、パナマ帽を深くかぶり直した。

桜井と織田が先に出ていく。

羽村が残って、夏樹の尻を撫《な》でていた。

「お友達は来ますか？」

神野が聞いた。夏樹は満面に笑みを浮かべた。笑窪《えくぼ》がキュートだった。

「ええ、十分ぐらいで来ます」

背後から、羽村が睨《にら》みつけてくる。獲物をとられてたまるかという目だ。

「あの、うちのパーサーとそちらの方が、打ち合わせに出たみたいですが……どうします。もう他の店にフライトしますか」

パイロットもパーサーも決してこんな言い方はしないと思うが、神野は、羽村を睨みつけながら言った。

「てめぇ、どういうつもりだ」

桜井ほど冷静さがないようで、羽村はすぐに肩を怒らせてきた。三津川物産の社員の口調ではない。

「夏樹さんに、一緒に飲みましょうと言っているだけですが」

「うるせえんだよ」

いきなり肩をぶつけてきた。神野も肩を突きだす。

よろけたのは羽村の方だった。

神野はすぐに、カウンターの上に一万円札を五枚置いた。

「夏樹さん、ここで待っていてください。男四人で、今夜の盛り上がり方を検討してきます。よければ海堂証券さんも四人に増やしてもらえませんか」

「喜んで」

夏樹がふたたびスマホを取り上げた。

セックスしたいのは男ばかりではない。金曜の夜九時は、女もやりたくてしょうがない時間なのだ。

有楽町コリドー街。そんな男女がさや当てをしあう。いまや東京名物のひとつだ。

「てめぇ、人が先に喋っていた女にちょっかい出しやがって」

羽村が今度は本気で拳を振り上げようとした。神野はその腕を摑み、羽村の耳もとで囁《ささや》いた。

「あんちゃん、表で話をつけようや。勝った方が持ち帰りでいいだろうよ」

極道口調に羽村のコメカミに筋が浮かんだ。

4

「桜井くーん。どうも久しぶりじゃーん」

「うわっ、ぐえっ」

桜井が歩道で内川にハグされていた。あまりにも強く抱きしめられて、吐きそうになっている。

内川は、そのまま桜井の肩をガブリと噛んだ。まるでドーベルマンだ。桜井のスーツの肩に、尖った金の歯が、しっかりと埋め込まれている。

桜井は悲鳴を上げたが、通りを行き交う人々は、ほとんど関心を示さない。仲間同士が酔ってハグし合っているようにしか見えないからだ。

誰も、いい大人が、シャツの上から噛みついているとは思わない。

極道の喧嘩《けんか》術にも、これはあまりない。

織田はすでに店内に戻っている。

パーサーになり切って証券会社OLを歌舞伎町に誘い込むことだろう。すでに歌舞伎町のキングスロードからは大日本航空の社員になりすましたホストが三人、有楽町に向かっているという。

「あんたら、どこの者《もん》だよ」

羽村が殴りかかってきた。

「ここじゃ、すぐに警官《デコスケ》がやってくるぜ」

神野は軽くステップしてパンチを躱《かわ》した。

口笛を吹くと、すぐに待機していたエルグランドがやって来た。桜井と羽村を連れ込んだ。

エルグランドは歌舞伎町に向かった。

「なんなんだよ。俺らが上野の儀銅鑼だと知って拉致ってんのかよ」

桜井が荒い息を吐きながら怒鳴っている。しかしその声にもはや、張りはない。

隣に座る内川の容姿と歯を見れば普通に萎縮する。

「ほう、偉そうな名前だな。まるで怪獣の名前だ」

内川が、桜井の肩を抱き寄せながら言っている。

「あの、あんたらは？」

対面座席の反対側に座っている羽村の方が、神野に首を曲げて言った。

「俺らは『歌舞伎町ゴジラ』」

「そんなの聞いたことがねぇ」

「『ギドラ対ゴジラ』って映画みたいじゃん」

神野はパナマ帽の庇を上げて、笑顔を見せてやる。心底からの笑顔なのだが、相手はそう思わなかったようだ。急に身を縮めた。

エルグランドが首都高を駆け抜け、歌舞伎町に入った。

花道通りの古いビルの前に止める。ブランド品の買取店、美容院、歯科、整形外科、金券ショップ、葬儀屋などが入っている。

それぞれ稼業に役立つ専門店だ。資金洗浄から顔の造作を変える整形まで、このビルの中で、何でもできる。内川の歯もここでやった。武器としての歯を作る歯医者はここぐらいしかない。

一階は二十四時間営業の花屋だ。

「ここ、飛び降り自殺の名所なんだ。だから、いつでも供養できるように一階が花屋になっている」

言いながら神野が、先に下りた。

「おーい。菊とか白百合《しらゆり》とか用意しておいてくれ。それと二階の仏光堂から線香十本。今夜ご遺体が上がる」

エルグランドの運転手が、花屋の店先に向かって叫んだ。

「うぉっす」

「ご苦労さんです」

とたんにビルの中から、神野組の若衆が続々と飛び出してくる。

「おぉ、今帰った」

神野はパナマ帽をとり、さっと空に向かって投げた。満月と帽子が重なる。

数人の組員が手を伸ばして、落下してくるのを待っている。取った者に十万円。

神野が帰還したときの習わしだった。

今夜は、パシリの哲夫《てつお》がキャッチした。小遣いを渡すいい口実になった。

このビルの最上階は神野不動産。

事実上の組本部で、警察から治安の抑止効果を求められて以来、堂々と路上での整列挨拶も復活させている。

組員たちがすぐに桜井と羽村の両腕を拘束し、屋上へと連行した。

藍色の空に無数の星が浮かんでいた。今夜は湿気がやや収まっているせいか、珍しく歌舞伎町の空気が澄んでいるように感じた。

「あんたら本職じゃないか。いまどき本職がこんなに大手を振って出てきていいのかよ」

桜井が言った。右肩がざっくり割れて、肉が見えていた。

ふたりは、真っ裸で滑車の付いた板の上に腹ばいに乗せられ、ロープで括《くく》られている。台車の把手部分を切り取って作った滑車板だった。

その前に、組員たちがスケボーで遊ぶための緩やかなスロープが二本据えられていた。

まっすぐ屋上の手すりに伸びている。ジェットコースターの登り斜面のような感じだ。

「気に入らなければ、お前らがせめてくりゃいいじゃねぇか。上野の儀銅羅って、そこそこ強いらしいじゃねぇか。俺らも対戦してみてぇよ」

内川が金歯をちらつかせながら、桜井の前にしゃがみこんだ。

「うちは、ヤクザと構える気なんかねぇよ」

桜井が顔をそむけた。

神野は二台の滑車の後方に立っていた。ふたりの背中に声をかける。尋問開始だ。

「新橋で、女を襲えと言ったのは誰だ?」

「襲ってなんかいねぇよ」

羽村が顎を上げて、内川に言った。

「誰に向かってタメ語でいってんだよ」

内川がいきなり羽村の頬に齧りついた。

夜空に断末魔の叫び声が上がる。嚙みついた内川は、己の頬を振って皮膚を食いちぎろうとしている。

絶叫はさらに大きくなったが、下方の通りからはクラクションや酔客同士の罵声が聞こえてくるだけだった。

羽村の頬がざっくり裂けた。血が溢《あふ》れ出している。

頬を刃物で切られたり抉《えぐ》られるシーンというのは、見慣れているが、頬を食いちぎられるのは、極道でもめったに拝めるものではない。

最後に内川は口から肉片をぺっと吐き出した。

「いい感じのキスマークだ」

組員のひとりが言った。

羽村は、嗚咽《おえつ》を上げ始めた。顔に穴が開いたのだ。ホストはもう務まるまい。

「もう一度聞く。儀銅鑼に桜田マキを襲うように発注したのは誰だ？　雷通か？」

神野は言った。

「俺たちはそんなことはしていません。警察にも疑われて逮捕されましたが、証拠不十分で釈放されました。防犯カメラに似たふたり組が写っていたのでしょうが、それは俺たちではありません」

桜井が早口でまくし立てた。

「俺たちは証拠を握ってんだよ」

神野は組員のひとりに、自分のスマホをもたせた。桜井の眼前で掲げさせる。

羽村が撮影した動画が映った。桜井の背中がピクリと痙攣《けいれん》した。

「お前の逸物《いちもつ》、でかいなぁ。マキさんの中にズコズコ入っている」

「うっ、どうしてこれを？」

桜井が振り向こうとした。

「だから、挿入して映像を撮れと命令したのは誰なんだよ」

極道は相手の質問には決して答えない。こちら側から一方的に聞くだけだ。

「マジ知らないっすよ」

そう叫ぶ桜井の滑車板を、思い切り蹴ってやる。

滑車板は一気にスロープを上っていく。背後から見ていると、桜井が歌舞伎町の夜空に向かって飛んでいくようだ。股を開いて括ってあるので、キンタマが丸見えだった。

「うわぁあああああ、落ちるじゃないですか」

滑車板についたロープを踏んでやる。

桜井の頭部が手すりからわずかに飛び出したところで滑車板は停止した。

花道通りが真下に見えたはずだ。

「お前、縮んじゃってるじゃないか」

手下がロープを引きもどしている。

「ゴジラ、お前、キンタマは齧ったことがあるか？」

神野は内川に聞いた。あえてゴジラと呼ぶ。

「ねえっす。玉って本当にあるんですかね」

「齧ってみるか？」

「いいですよ」

内川はカチンカチンと歯を鳴らした。だが、その顔はしかめっ面になっている。

本音はやりたくないようだ。

内川はストレートだ。大の女好きで、男色はない。

「棹はどうだ？　ひと嚙みで、半分に切れるんじゃないか？」

「それもやってみたいですね」

とは言ったものの、内川は捕らえているふたりには、見えない角度で、さらに顔を顰《しか》めて見せた。

「おいっ、こいつは、本当に棹でも玉でも食うぞ、いいんだな。いやなら、喋れよ」

「言えないっすよ。言ったら、俺らマジ殺されます」

「じゃぁ、俺らが殺さないと思っているのか？」

神野は、今度は羽村の尻を革靴の尖端《せんたん》で蹴った。

「うっ」

羽村が失禁した。アンモニアの臭いが澄んだ夜空に舞い上がる。

「くせぇ〜」

神野は思いきり羽村の滑車板を蹴った。

「あぁあああああああああああああ」

羽村が屋上の端に向かって飛んでいく。ロープもどんどん伸びていく。神野は今度はロープを踏まなかった。

「あぁああ、嘘《うそ》だぁ、俺、まだ死にたくねぇ」

叫んだ羽村が視界から消えた。

「えっ」

桜井が短く叫び、大きく目を見開いている。

「だから、喋った方がいいだろう。次はお前だから」

神野は桜井の滑車板に足をかけながら聞いた。内心で、ロープの伸びが短すぎはしなかったかと、軽く反省していた。もう少し長くてもよかった。

気を利かせた組員が、階下の窓を開けて線香を焚《た》いてくれたようだ。香りが上がってくる。

これが効いた。

「喋ります、全部喋ります。ですから、板から足を離してください。気分で押さないでください」

桜井は泣いていた。

「足を離すのは、喋ってからだ」

神野は軽く押してやる。滑車板が、三メートルほど前に飛び出した。

「うわっ。俺に女を嵌《は》めてこいと言ったのは、儀銅鑼の総長、本宮裕也《もとみやゆうや》君ですよ。裕也君は、政治家筋から頼まれたみたいです」

　桜井は声を張り上げた。同時にこいつも尿をまき散らした。

「政治家筋って、誰だよ」

「いや、本当に俺にはわからないっす」

　神野は、前進してもう一度、滑車板に足をかけた。押したり引いたりしてみる。徐々に、反動が強くなる。

「わわわわっ。勘弁してください。裕也君が直接ボディガードしているのが、ダイナマイトプロの主藤《すどう》さんで、主藤さんは、民自党のいろんな政治家に芸能人を世話しているんです。男議員には女タレントを、女議員には、男タレントをです。他にもLやGにも幅広く世話をします」

「それで、お前ら、マキを攫《さら》ったら、どうするつもりだったんだよ？」

「裕也君が、主藤さんから、自分のルートからだけなら足りないから、あの女をこっちに引っ張りこんで、女のタマを増やせといわれたそうで。女が増えれば、それだけ企業や政界の情報集めに役立つからですよ」

　桜井は尻山をプルプル震わせながら言っている。

「あの日、張り込みを指示したのは？」

「そ、それはペルソナの栗川って女ですよ。銀座の三越までうまく連れてくるから、あとは尾《つ》けてうまくやっちゃえって」

「ペルソナは、どんな役割をしている？」

「飯倉のペルソナ迎賓館は、やり場所ですよ。っていうか、芸能人も政治家も、みんなあそこでやって、そのネタを押さえられるんですよ。これ歌ったのが自分だと知れたら、もう生きていけないんですけど」

桜井がどんどん尿を漏らし始めた。

「じゃぁ、ここで死んでも一緒だろ」

神野は、滑車板を盛大に蹴った。

カーンといういい音がして、桜井の身体《からだ》が夜空に向かっていく。

「あぁあああああ、いやだぁ、ここで死ぬのはいやだ、助けてください」

ロープが完全に伸び切った。

三分後。

神野のスマホが鳴った。

発信元を確認し、すぐに出る。

「組長、何やらかしました？　今、花道通りの第一神野ビルの屋上から、裸の男がふたり、ぶら下がっているって通報もらったんですけどね。見物客が増える前に引き上げてくれませんか」

歌舞伎町交番の菊池卓也だった。

「わざわざすまんな。暑さでちょっといかれた組員がやったことだ。破門しておくから勘弁してくれ」

「わっかりましたぁ。五分後に巡回に行って、何ごともなかったことにしますから、片付けておいてください」

電話はそれで切れた。

「おいっ、そいつら引き上げて、ムアンチェンにひとり百万で売ってこい」

ムアンチェンはタイ人の人買いだ。日本のホストは喜んで買う。タイでタマを抜いて女性キックボクサーとして売り出すのだ。

どの道、このふたりは当面、日本では逃げ切れない。タイのシンジケートに預けて、命拾いをさせるしかないのだ。

まぁ、桜田マキとやった男が、国内にいてもらっては困るということでもある。

神野は気絶している桜井と羽村を確認すると、神野不動産の社長室に戻った。

総長に、いろいろ報告せねばならない。

第五章　キングメーカーの野望

1

「マキさん、ごめんなさいね。お部屋に閉じ込めちゃったりして」

栗川千晶がワゴンを押しながら入ってきた。

飯倉片町《かたまち》にある通称ペルソナ迎賓館の地下室。真木は、ここに捕らわれて五日目を迎えていた。地下室とはいえ、高級ホテルのセミスイートのような部屋だった。

千晶と顔を合わせるのも五日ぶりだ。

「これ、いったいどういうことなんでしょうか。私、千晶さんになんかしましたっけ」

真木は不機嫌そうな視線を千晶に向けた。

拉致された自覚はある。

五日前、千晶と共にこの都会のド真ん中にあるクラシックホテルのようなデザインの保養所に連れてこられ、雷通の太田と元経産省閣僚の伊達と会食をしている間に、突如、睡魔に襲われたのだ。前菜の次に鴨肉《かも》がテーブルに置かれたころは、すでに目がかすみ始めていた。

すぐにはワインに手を付けなかったので、まさかと思った。それ以前のミネラルウォーターに仕掛けられたとしか思えない。

完全に狙われていたのだ。

目の前に太田、その隣に伊達、真木の横には千晶が座っていた。

ペルソナの社長、中本喜平《きへい》のために上座に一席設けられていたが、真木の意識のあるうちに、中本は現れなかった。

事業協力センターの伊達の印象は薄かった。いかにも官僚然とした風格はあったが、事業に関してはまったく興味を持っていない印象だった。

それでも年収二千四百万。秘書、個室、黒塗りのハイヤーの三点セット付きだ。

経産省はＯＢが四年間、その利益を享受できるように、年間十億もの事務委託費をこの一般社団法人に落としているのだ。

伊達は、自分がお飾りであることを十分理解しているらしく、仕事のことなど、一切口にしなかった。

語るのは、ひたすらフランス料理に関する蘊蓄《うんちく》だけだった。あまりにも退屈な話で、それが原因で眠くなったのかと、勘違いしたほどだ。

気が付いたときは、この部屋だった。乱暴された感触はまったく残っていなかった。

インナーの着替え、ガウンなどが用意されていた。

いまも真木は白いタオル地のガウンを纏《まと》っている。

食事は、日本語を理解しないアフリカ系の女性が日に三度、運んできてくれた。

ただし、スマホやカード類の入ったバッグは消えており、テレビはスイッチを付けても、映画チャンネルしか映らなかった。

オンエアーは見られないということだ。

軟禁という言葉は、まさにふさわしい。

「いえね、どうしても、あなたの身辺調査が必要だったのよ。ほら、様々な企業の個別情報を知ることになるでしょう」

同じガウンを着た千晶がワゴンから、朝食をテーブルに並べた。これもホテルのアメリカンブレックファーストのようなセットだ。トーストはこんがり焼けており、卵料理はスクランブルエッグにベーコン。コーヒーの香りが頭をしゃんとさせてくれる。

二セットある。一緒に朝食をとろうということらしい。彼女も、ここに滞在しているようだ。

「仕事はこの間、どうなっているのでしょう?」

「いったん、休止させてもらっています」

「かなり強引な手法を使うんですね」

「OBの河合杏奈さんの紹介ということで、雷通の太田さんも受けざるを得なかったんだけど、その河合さんの様子が、ちょっとおかしいって太田さんが言いだしてね」

「どうおかしいんですか?」

真木はコーヒーを一口飲んだ。

「外資系ファンドの投資コンサルタントといい仲になったようだけど、ひょっとしたら、その香川という男が、情報機関の人間かも知れないって、太田さんが言うのよ。つまりスパイ」

千晶もコーヒーカップを口に運んだ。

ドキリとした。

「スパイ？　そんな映画の世界のような人いるんですか？」

真木は惚《とぼ》けた。

現実社会で、スパイと称する人間と出会うことなど、まずないから、一般的な回答としては妥当だろう。

「外資系ファンド、外国人記者の中には、多くのスパイが紛れ込んでいるんですって。それで日本人に投資話を持ちかけたり、贈答品を送って、うまく自分の情報提供者に仕立て上げる。太田さんの見立てでは、香川はＣＩＡの工作員で、選挙プロデューサーの河合さんをうまく手なずけたのではないかと。その河合さんの紹介でやってきた桜田さんは、背後関係を洗ってみる必要があると。そうなったわけよ」

千晶はトーストにも手を伸ばした。マーマレードジャムを塗っている。

「それで、私の調査結果はどうだったんですか？」

「何の疑いもなくて安心したから、こうやってきたのよ。叔父《おじ》様から引き継いだ会社だったんですね。だから芸能界にはこれまであまり関わっていなかった」

千晶は警視庁が用意したプロフィールをそのまま信じたようだ。

桜プロモーションは、創業以来、桜田家が代々経営を担ってきている。だがその家系自体が偽装されたもので、警視庁関係者がその都度、桜田なにそれを名乗って戸籍を増やしていくのだ。

桜田マキの戸籍も、きちんと出生から用意されているし、未来の工作員のために現在十二歳の桜田雅彦《まさひこ》や五歳の桜田早紀子《さきこ》も戸籍上存在している。

「私は、ずっと日本にいませんでしたからね」

真木も頭に叩《たた》き込んである自分のプロフィールを引っ張り出して答える。小学校から大学まで、商社マンの父親と共に転々としていたという設定だ。

カイロ大学の卒業証書を持っている。外国人だとどうにでもなる。

「でも、三年前からきちんと経営しているわ」

千晶は信じ込んでいるようだ。実在しない桜田マキが経営していたようにみせかけていただけだ。警視庁が作り上げる舞台装置はそれだけ大掛かりなものである。

偽装工作上設立した会社でも、実際に企業活動をさせているのだ。

社員はもちろん警察官および職員である。

「相当調べたようですね」

真木はスクランブルエッグをフォークですくいあげながら聞いた。

「このふたり、桜プロモーションの社員ね」

千晶にスマホの画像を見せられた。

この館の周辺をうろうろしている岡崎と相川《あいかわ》の姿が写っている。行方不明になった社長を探す芝居をしてくれているようだ。

「はい、うちの社員です。ふたりには、私がこのペルソナさんの保養所へ出かけることを伝えてありますから、戻ってこなければ、当然、探しにくることになります。ふたりには、なんと？」

「直接、顔を合わせて話してはいないわ。ただし、連絡はしたわよ」

千晶が髪留めの輪ゴムを取り出し、長い黒髪をポニーテールに束ねた。そうしないとスクランブルエッグが食べにくいようだ。

「ここに滞在しているということでは納得しないと思いますが」

真木は答えた。普通にそう思う。

「会食中に突然、高熱を発したため、中本の関係の医師に来てもらったところ、新型コロナウイルスに感染していることが判明したの。あなたがベッドで眠っている写真を送って、当方で隔離していますっていったら、岡崎さんという方が、納得してくれて、陰性が出たら引き取りに行きますって。この方？　岡崎さんって」

千晶が、画像の中で、正面の門を見上げている男の顔を指さした。

「そうです。それなら納得しますね」

というより、桜田門の上層部から、放置捜査を申し渡されたのだろう。

「だから、あなた、ここからあと九日間ぐらい出られないの」

二週間の隔離中、まだ五日しか経《た》っていないということだ。千晶がガウンのサイドポケットから、スマホを取り出した。それは桜田マキのスマホだった。

「ほらこんなメールが来ているわ」

スクランブルエッグをすくう手を休め、文面を覗《のぞ》き込んだ。

【社長、そちらでゆっくりお休みください。仕事は私たちできちんと進めておきます。岡崎】とあった。三日前の日付だ。

これは、符牒《ふちょう》だ。自分たちは自分たちで捜査を進めているので、内部をじっくり当たってくれということだ。

「そのスマホも、チェックしたのでしょうから、返してもらえますか」

真木は手を差し出した。

「ごめんね。データはほとんどコピーさせていただいたわ。でも、すべてチェックさせてもらったので、私たちも、桜田さんを百パーセント信用することになったの」

まったくふてぶてしい言い方だ。勝手に人を監禁し、スマホやバッグの中身を虱《しらみ》潰しにチェックしておいて、何が「信用するわ」だ。

だが、その感情は、胸底に押し戻した。どのみち、取られたデータがすべて偽装したものだ。彼女たちが見たものはすべて「虚」でしかない。

「ところで、私を新橋で襲ったふたりはどうなったんでしょうね。新橋署に被害届を出しておいたんですけど」

仕向けたのは、おそらくこの連中だろう。五日間、外部と遮断されていたので、捜査の状況が見えない。

真木は、千晶の反応を窺った。

「事業協力センターの顧問弁護士から新橋署に当たってもらったわ。街頭の防犯カメラを追って上野の半グレグループふたりを逮捕したみたいだけれど、証拠不十分で釈放されてしまったみたい。乱暴しているそのものの証拠は出なかったんですって」

千晶は、淡々と言っている。目の奥が微《かす》かにほほ笑んでいるように見えた。これは芝居ではない。してやったりの表情だ。

真木は、即座に理解した。警視庁は、わざとふたりを市中に戻したのだ。ということは、今ごろチーム黒井が攫《さら》って真相を暴いている。そしてふたりは、もう日本にはいないだろう。

私に突っ込んだのだ。この先、生涯、恥辱に塗《まみ》れた日々を過ごすべきだ。

「仕方のないことですね。忘れるしかないでしょう」

真木は淡白な性格を装った。

「そうよ。セックスされたぐらい忘れちゃいなさいよ」

千晶が肩を竦《すく》めた。この女、いつか膣《ナカ》袋を爆破《パンク》させてやる。

「では、私の隔離が終了したら、またデータ入力のお仕事は復活させていただけるのでしょうか？」

「もっといい仕事を用意するわよ。エキストラにもちゃんと演技してもらうわ」

千晶が意味ありげに笑った。

「どういうことですか？」

「それを、伝えるには、もうひとつ、儀式がいるの」

不意に千晶が立ち上がり、真木の背後に回ってきた。

「えっ？」

「女同士の指切り。私、それをやらないと、どうしても心を開けないタイプなの」

言うなり、千晶が、ガウンの中に右手を滑り込ませてきた。真木はノーブラだった。小熟女の手のひらは暖かくて柔らかだ。

えぇえぇ?! Lは未経験だ。

2

「マキちゃんのおっぱい、弾力あるね」

椅子に座ったまま、千晶に双乳を揉《も》みしだかれた。

「いや、ちょっと、これは……ふはっ」

質問しようとするといきなり乳首を摘《つ》ままれた。女ならではのソフトタッチの摘まみ方で、尻の裏まで快感衝撃が走った。

「どぉ、じゅわっと来た？」

耳もとで、囁《ささや》かれる。甘い吐息と共にだ。

「いや、どう答えればいいか……」

真木は総身が真っ赤に染まるのを感じた。売春組織への潜入を専門としているため、男の任務上の挿入行為などの経験はあるが、女同士は経験ない。

まいった。

脳内が混乱する。

「濡《ぬ》れてたら、素直に教えて……まん切りしたいの」

「はい？」

まん切りてなんだ？

風俗業界でも、聞いたことがない。

「だから、おっぱい弄《いじ》られて濡れた？ それとも私じゃ濡れない？」

「いえ、そんなことはないです」

真木は、思わず腰を浮かせた。ショーツがもうぐちょぐちょになっている。

「濡れましたって、ちゃんと言いなさいよ」

ぎゅっと左右の乳首を同時に摘まみ上げられた。

「あっ、うぅう、濡れています」

ソフトからいきなりハードにされると、背筋も伸び切るほど感じてしまう。

「じゃぁ、まん切りしよう。マキちゃん、立ち上がって」

千晶が乳首を上方に引っ張った。つられて真木は立ち上がった。すると、いきなりガウンの前を開けられた。すっと千晶の右手が、股間に伸びてくる。

「なにするんですかっ」

さすがに身を捩《よじ》った。

バストと乳首は、愛嬌《あいきょう》だ。けれど女の局部となれば、話は違う。ここはきっぱり言うべきだ。

「私、そっちの趣味はないんです」

真木は首を左右に振った。演技ではない。これは本能が拒絶していた。

「心配しないで。私もLじゃないから」

そういうものの、千晶もガウンの前を開いた。ノーパンだった。真木の目に、いきなり小判型の陰毛が飛び込んできた。漆黒だ。

「では、これは……」

「だから言ったでしょう、女の契りよ。私、これをやった女しか信用しない」

千晶が、股布を寄せて、人差し指を紅《あか》い割れ目に忍び込ませてきた。ぬるぬるする渓谷を押し分けて、ぶすりと秘孔に挿し込んでくる。

「うそっ」

挿入されてしまった。女の指、初体験。まいった。ぐちょ、ぐちょと動かされた。

いやいや、処女に戻った気分だ。気持ちいいとか、悪いとか、そういう次元ではない。これは、いったい何事か？

「マキちゃんも、私の孔に。充分、潤っているから」

千晶が、股を開いた」ふわっと香水の匂いが漂ってくる。

触られるのも初体験だが、別な女性器を触るとなると、これはさらに勇気がいる。

「さ、早く」

千晶に腕をとられた。

って言われても、それはさすがに、気持ち悪いぞ。

これはストレートの女にとって、拷問よりもきついことかもしれない。男にやられまくった方が数倍マシだ、と。

いや、強制オナニーをさせられるよりもきつい。オナニーなら演技でどうにでもなるからだ。

だが、ここで逃げ出すわけにもいくまい。

真木はおそるおそる指を出した。この間も、自分の膣袋は、千晶の指で、掻《か》きまわされている。

カモン、カモンと指を曲げる仕草を中でやっているのだ。

「早くっ」

千晶が目を尖《とが》らせた。

「は、はいっ」

真木は目を瞑って、千晶の秘裂に指を這《は》わせた。心臓が張り裂けそうだ。触った。ぬるぬるしている。自分の秘裂より短いような気がした。

「お花、開いていいよ」

自分はそんなことしなかったくせに、ぬけぬけと命じてくる。

「こんな感じでしょうか」

真木は指をワイパーのように動かした。男にそうされたときのことを思い出すと、頭にかーっと血が昇った。

「うん、いい感じよ。指をたっぷり濡らしたら、挿れて」

そういうことか。

真木は、千晶の花弁を押し開きながら、指を濡らした。葛湯《くずゆ》の中に指を泳がせているようだった。自分の粘液もこんな感触なんだろうか。

べとべとになり出したので、思い切って、秘孔に潜りこませた。

「あんっ、入ってきた。マキちゃんの指、細くて気持ちいい」

千晶が背筋をそらす。Lっ気、充分あるんじゃないかと、疑ってしまう。

「全部入れるんですか？」

「うん。指の付け根まで」

しょうがないので、人差し指を奥まで押し込んだ。千晶の膣層が急速に窄《すぼ》まる。

指が圧迫された。子宮らしきポイントに指の尖端《せんたん》が当たる。自分以外のこんなとこ
ろを触るなんて、夢にも思わなかった。

この任務、エロ担よりもきつい。

「全部、入りました」

なんてことを言っているんだろう、と思う。現実離れした感覚に襲われる。

「そしたら、指切りするときみたいに真ん中で曲げて」

千晶も曲げてきた。

ようやく意味がわかった。

指切りをお互いの膣の中でやるのだ。

「はいっ」

真木は指を丸めてカモンカモンした。こちらもやられた。千晶が指切りげんまん
の歌を歌いだした。その間、膣袋の中で、激しくカモン、カモンされる。慣れてく

ると男の指の動きよりも繊細で、柔襞《やわひだ》全体が疼《うず》いてくる。

「……嘘《うそ》ついたら、指千本、入〜れ〜るっ」

「えぇえぇえぇえ」

それって怖すぎる。

「これ、私なりの姉妹仁義だから」

「いや、指千本は、どうやっても入らないと思います」

「だったら、私を裏切らないことね」

「裏切るつもりなんかありません」

指を突っ込まれたまま、真っ赤な嘘をつく。いつかこの女を痛い目に遭わせてやりたい。百倍返しにしてやらないと気が収まらない。

「姉妹になったから、本当にしてもらいたいことを言うわ」

千晶が指を抜いた。

「はい」

抜かれるとなんだか、妙な喪失感に包まれる。これがこの道への第一歩なのかもしれない、そう思った。

「仕事はふたつよ。ひとつは、まもなく解散総選挙になるわ。特定候補者の選挙演説の時にエキストラの動員をかけて欲しいの」

なるほど。本当にエキストラの仕事だ。

「千人規模で集められます」

真木は返した。

「もうひとつは、この迎賓館での接待。総裁選のために、いろいろ工作があるの」

千晶の瞳から冷たい光が放たれた。

「総裁選ですか？　長谷部総理は、まだ任期は一年あるかと」

「ほら」

千晶がいきなりテレビのスイッチを入れた。

民放のワイドショーが流れている。受信出来るように、設定を変えたようだ。

「あら、これはっ」

真木は息を飲んだ。

長谷部総理が、官邸でのぶらさがり会見中に倒れる映像が、繰り返し流されていた。

いつものように、官邸エントランスで、エレベーターに乗る前に、立ったまま一言二言答える、会見だった。

どこかの記者が、

『冬に向けて、コロナの第三波がやってきても、緊急事態宣言は発令しないつもりですか？　それと強制力を持ったロックダウン法の発議もないのですか？』

と質問した瞬間だった。

総理は、答えようと口を開けたとたんに、腹部を押さえ、その場にしゃがみこんだ。すぐにSP二名が背中に腕を回し引き上げようとしたが、総理は脚にも力が入らない様子で、その場に横倒れになった。

ナレーションが被《かぶ》る。

「昨夜、突然、昏倒《こんとう》した長谷部総理は、現在信濃町のK大病院に入院中ですが、意識はまだ戻っていない模様。伊勢谷潤《じゅん》副総理が臨時総理代行を務めることになっていますが、政局は流動化し始めました」

このニュースは、世界中に飛んでいるはずだ。

これは、とんでもないことになった。

3

黄昏《たそがれ》時の日比谷公園、野外音楽堂。

フォークソングのコンサートが開かれていた。円形のスタンドに観客は二メートル以上の間隔をあけて座っている。

いまでは見慣れた光景だが、十か月前なら単純に不入りなコンサートにしか見えない。コロナ禍の終息を願うフリーコンサートだった。

「菅沼さん、はっきり聞かせてください。当座、誰を立てる気ですか」

黒井は、自分たちだけ並んで座っている菅沼に聞いた。

お互い、公園管理室の緑のジャンパーを着ていた。目の前に、相変わらずパナマ帽を被った神野が座っていた。ホットドッグにむしゃぶりついている。

「米国の大統領選次第だが、ドナルドとジョー、どっちの爺《じい》さんが来ても、転がすことが出来るのは、官房長官の佐々木さんしかいないよ」

菅沼が、割りばしで焼きそばをすくい上げながら言っている。背中を丸めて焼きそばをほおばる姿は、およそ内閣情報調査室《サイロ》のナンバー2には見えない。

別な見方をすれば、元潜入工作員だった面影がいまだに色濃く残っているおっさんだ。このコンサートを運営しているのは、リベラル系NPOだ。菅沼の目は、活動家を探しているのだ。

「佐々木さんが、うんと言いますかね」

ステージの三人組が六〇年代アメリカのフォークソングを歌っている。『花はどこへ行った』という曲らしい。

「言わせる」

菅沼が、ズズズと焼きそばを吸い上げた。

「内調《サイロ》のスタンスから言うと、大統領がどっちになろうが、とにかく日米機軸が最優先だ。民主党の前大統領とも共和党の現大統領ともうまくやって来た長谷部政権を継承していると内外に知らせるには、佐々木さんが、最もわかりやすいだろう」

菅沼がジロリと黒井を向いた。

内閣を生かすも殺すも内調の腕次第と言いたそうな目だ。事実、選挙の動向を最も的確に把握しているのも、政権の闇の部分を知り尽くしているのも、内調である。警視庁の公安《ハム》よりも、政権内部に入り込んでいる強みがある。

「後藤さんも、佐々木さんには手を貸すでしょう」

黒井は言った。佐々木と幹事長の後藤は盟友と言われている。

「いや、うちとしては、後藤さんを切りたい。その方が佐々木さんもシャキッとするだろう」

菅沼は、焼きそばを食べ終わり、プラスチック容器をレジ袋に放り込んでいる。

続いて麦茶をごくごく飲んだ。

次長室で優雅に紅茶とビスケットを楽しんでいた姿とは、全くの別人だ。

「伊勢谷副総理が代行ではなくこのまま総理にカムバックするという線はないですか？」

特に意図があって聞いたわけではない。伊勢谷も総理経験者だ。長谷部同様、二度目はうまくやるのではないか。そう思っただけだ。

「あの人の場合、うちらの思惑通りに動かない可能性がある」

菅沼は、客席にいる、銀髪に丸眼鏡《めがね》の老人を凝視しながらそう言った。老人はブルージーンズにペイズリー柄のシャツだ。往年のヒッピー世代に見える。

「つまり現総理は、操りやすかった、と」

黒井は皮肉を込めた。

「リベラルを徹底して叩いてくれた。内調としては大事な要素だ」

空を仰ぎながら言っている。その人差し指が微かに動いた。それまで見つめていた男の方にだ。

数人の男女が、男の方へ寄った。ギターケースなどを持った若者やスーツを着た壮年までさまざまだ。

老人は、ふと立ち上がった。足早に出入り口へと向かっている。ゲートの前に屈強な男たちが立っていた。

菅沼が言った。

「過激派の残党だ。いまは中国工作機関の手先だが、活動資金の獲得のために大麻を売っている。捜査一課や麻薬取締役官に持っていかれる前に、諜報系が確保する必要があると思ったので。公安に売った。古手の面通しなので、私が来るしかなかった」

菅沼は淡々と言った。

内調《サイロ》は情報収集機関だが逮捕権はない。刑事部系に持っていかれるよりも、ライバルの公安のほうがマシだと思ったのだろう。

男の身柄が確保された。

「話を戻しますが、現政権がリベラル叩きをし過ぎたために、保守……というより、極端な新保守主義勢力が調子づいていませんか？」

黒井はまた皮肉を言った。おそらくそれは内調が誘導したことなのだ。

「そっちにも目は光らせているつもりだ。だが、新保守を語る連中の大半は、現政権の主張に便乗してビジネスにしている連中だよ。『愛国ビジネス』に『反リベラルビジネス』だ。本も売れるし、講演会も人気だ。だが底が浅いし、でたらめな歴史観だから、このところはメッキが剝がれ始めている。自滅するさ。国民の嗜好《しこう》が五年単位ぐらいで左右にそれぞれに振れるのが健全だ。これも右側の期間が少し長すぎたようだ」

菅沼が、麦茶のペットボトルを飲み干した。

「それで、我々の次の工作は？」

「後藤派のカジノ推進議員連盟の青山史郎《あおやましろう》が、中国企業から賄賂をもらっていただろう」

「ええ、逮捕されたじゃないですか」

ほぼ宮園治夫、美登里夫妻の逮捕と重なっている。

「保釈中だが、贈賄側に偽装証言をさせようとしている。網を張ってくれないか」

菅沼が、眉間の皺《しわ》を摘まみながら言った。

「この際、徹底的に後藤派を叩くつもりですね」

「官房長官の佐々木さんには派閥がないんだ。後藤派を付けなくてはいけない。総理が倒れた以上、早急にダメ押しが必要だ。そのためには後藤さんにサインを送り続けなければなるまい」

意味はわかる。

政局はにわかに流動的になっている。安定させねばならない。

だが、ここにきて、黒井はどうしても確認したいことがあった。

「あの、選挙プロデューサーの河合杏奈、ひょっとして次長の部下じゃないですか？」

ずばり尋ねた。

「そんなわけはないだろう。彼女は、大学を卒業してすぐに雷通に入社したんだぞ」

菅沼はよどみなく答えた。

――よどみなさすぎる。

黒井はそう感じた。目の前に座る神野も振り返った。パナマ帽の庇《ひさし》を上げて、菅沼を睨《にら》んでいる。

「彼女、東大法学部卒ですよね。しかもＩ種国家公務員試験に受かっていましたよ。それがどうして広告代理店に入社したんでしょう？　それも、卒業から一年も経った後で、既卒扱いでの入社です」

「ＣＭプランナーになりたくて、勉強していたと、部下からは報告を得ているがね」

　この返答も立て板に水だ。つまり黒井がいつか質問してくるのを想定していたということではないか。

「あの、俺、嵌《は》めたつもりが嵌められたってことですかね？」

　神野がさらに目を細めた。

「知らんよ」

　菅沼が欠伸《あくび》をした。

　イエスのサインだ。

「声優の東川七海が、歌舞伎町のキングスロードに通い出したところから、次長の演出は始まっていたわけでしょう？　っていうか、去年の参議院選に宮園美登里を出馬させたときから、この台本は出来ていた。後藤俊博を追い込む種をまいていたということでしょう、ねぇ次長」

黒井は軽く肘で、菅沼の脇腹を突《つつ》いた。

「さすがに、特殊班の訓練を受けた者は鋭いな。わかった、白状する。河合杏奈は、ユーたちと同じ、市中潜伏工作員だよ。仲間内でも騙《だま》し合わなければ、内調なんてやっていけないからな。どこでわかった？」

菅沼は、黒井が正解を導き出したきっかけを知りたいようだ。

「官邸で話し合ったとき、次長が、あまりにもあっさり、河合杏奈の追及を外したからですよ」

おかしいと思った。

「なるほど、俺もまだまだだな」

菅沼は、頭を掻いた。

「他には、地雷を埋めていないでしょうね？」

黒井は聞いた。

「この芝居《ミッション》に他に役者は用意していない。ちなみに河合杏奈君は、香川雅彦が同僚だとは知らない。これは本当だ。なぁ、黒井、この国のキングは、情報機関が決めるってことでいいじゃないか。アメリカもロシアも中国もそうなんだ」

菅沼が、眉間の皺を摘まみ、目を閉じた。戦後の歴代の政権を内調《サイロ》は内部からコントロールしていると言われている。

それもどうかと思う。が、黒井は反論しなかった。

「わかりました。ここからは、勝手捜査でいいですね」

それだけ言う。

勝手捜査とは、文字通り、誰の判断も求めず、自分の思うがままに捜査し工作することだ。

その代わり、命を失っても、回収すらされない。ヤクザの組長がひとりやられたと新聞に載るだけだ。

「それ自体、聞かんかったことにする」

菅沼が先に立ち上がった。

陽《ひ》が短くなり出している。西陽が、内幸町《うちさいわいちょう》のビルの中に沈み込もうとしていた。

4

「ペルソナ迎賓館にうまく青山を誘導するのが、一番手っ取り早いと思います」

神野は、黒井にそう訴えた。

「そこで、お前が、買収資金を用意してやるんだな」

「そういうことです。同時に中国企業の人間もそこに呼んでおくことで一石二鳥です」

バーターズの香川に化ければいいわけだ。

「わかった。河合杏奈を使え。青山を当選させたのも、どうせ彼女さ」

「間違いないですね」

神野は日比谷公園を出たところで、黒井と別れた。

組のアルファードを待たせてある。ますは歌舞伎町に戻ることにした。香川に変装する必要があった。髪型とメイクを施すことで、別人になるものだ。

車中から河合杏奈に電話する。

杏奈が出た。

「はい」

「オナニーしている?」

声だけを香川雅彦に戻して、即座に聞いた。

重要な会話をするときは、オナニーをさせることにしていた。その方が、会話の真実性を確認できるからだ。女は陰核を刺激しながら、そうそう嘘を付けないものだ、と黒井の情婦から聞いていたからだ。黒井の情婦は、元ＳＭの女王だ。

「いま、スカート捲《めく》りました。あんっ」

「パンティの中に手を入れたのかなぁ、それとも股布をずらしたぁ？」

詳細に聞く。

「脱いでいるところです。あっ、下着の色は紫です」

「片一方の脚だけ抜いてよね」

その方が、神野が盛り上がれるからだ。

「はい。そうしました。クリを剝《む》いて出しましたよ」

「じゃぁ、擦って」

チャラい調子で命じた。

「あんっ、ふはっ、いつもどうしてオナニーさせるんですか」

杏奈が切ない声を上げる。

オナニーが嘘発見器の役目を果たしているとはいえない。

「盗聴防止だよ。米国系ファンドの投資担当は、常にライバルからマークされているからね、テレフォンセックスに見立てたほうが、誤魔化せるじゃん」

聞き耳を立てていた運転手が、ため息を吐《つ》いた。即座に、後頭部を叩いてやる。

「あぁあんっ、うぅうう」

　杏奈が擦り始めたようだ。

　目の前でも何度もやらせているので、聴覚だけでも虚実は聞き分けられる。これは本当に弄っている。

　イケイケの選挙プロデューサーなら、オナニーぐらいは普通に見せるだろうぐらいに思っていたが、キャリア官僚の女工作員が、任務遂行のためにクリトリスを転がしていると知って、神野はかなりぐっと来た。

「衆議院議員の青山史郎、あの男も、杏奈が当選させたんだろう。指を最速で動かしながら答えろ」

　声を潜めて聞く。

「うぅう、そうよ。東京七十二区。私が対抗馬の立共党の候補者にハニートラップを仕掛けて潰したの。うはっ、私もいまマメ潰した……」

「カジノ誘致で中国の運営会社とつるんでいると知って、当選させたんでしょう」

「うぅうん、いや、そのときは知らなかった……」

　杏奈は惚けた。

「もっと、指を動かして」

「はぁあああん」

絶頂に向かう声がした。

「はい、そこで指止めて、勝手に昇天したと僕が感じたら、あのときの全裸動画、流出させちゃうからね」

「嘘っ、あぁ、はい……」

杏奈の混乱する声が聞こえてきた。

「嘘ついているのは杏奈さんでしょ。中国とつるんでいたの知っていたでしょ」

「あっ、なんで、そんなこと、香川さん、あなた、本当に、バーターズのコンサルタント？」

「そうだよ。バーターズはホワイトハウスの協力会社だけどね」

そう答えると、杏奈がしばらく沈黙した。喘《あえ》ぎ声も聞こえてこない。それでも神野は静かに脅した。

「アソコを弄ってたら、すぐに流出させるっていったでしょう」

「は、はい、青山が中国とつるんでいたのは知っていました。あまり利口そうじゃないから、当選したらすぐに、利益誘導に動くなって、わかっていました。案の定逮捕されましたけど、いま保釈中ですよね」

「連れ出せる？」

「どういう意味でしょう？」

「完全に潰したいから、相手側への偽証用の資金を用立てたいと思います」

「あなた、ラスベガスの代理人なのね？　それでチャイナルートを潰したいと」

「そう思ってもらっていいよ」

いい具合に勘違いしてくれたようだ。

「だったら、うまく話を繋《つな》ぎます。どこに連れ出します？」

「飯倉のペルソナ迎賓館とか、うまくセットできないか？」

「楽勝です。もう、触っていい？」

甘えた声で聞かれた。

「好きなだけ昇天して、ぐっすり眠ってよ」

そこで神野は通話を切った。

靖国《やすくに》通りから区役所通りへ入り、風林会館の前で降車した。

車はそのまま歌舞伎町二丁目方向へと進んでいく。神野組はラブホを一軒所有している。組員たちの宿舎であり、駐車場だ。

空はとっぷりと暮れていた。藍色の空に、墨色の雲が流れ込んでいる。

風林会館の前から、花道通りをＡＣＢ会館方面へと歩き出し、すぐに異変に気付いた。

通りが騒然としていた。

回転ずし店やラーメン店の入り口のガラスがめちゃめちゃに割られ、ドラッグストアの商品は道路に放り投げられている。ホストクラブやキャバクラの看板に色とりどりのペンキが撒《ま》かれている。ホストやキャストの顔に泥を塗るとはこのことだ。

前方に騒いでいる集団がいた。

見慣れない連中だ。

「こら、今日からここは儀銅鑼《ギドラ》が仕切るからよ」

戦闘服を着た男たち三十人ぐらいが、鉄パイプや金属バットを持って暴れている。

神野はすぐにスマホを取り出し、内川に緊急メールを打った。

夏の虫が火に入って来てくれたようなものだ。儀銅鑼の背後を確認するために上野まで出かける手間が省けたというものだ。

これは、久しぶりの祭りになる。

神野はビルの間の路地にいったん身を隠した。老朽ビルの壁に背中を付けて、革靴の底を開ける。小さなビニール袋と注射器《ポンプ》が入っている。シャブだ。この際、一発だけ食っておくしかない。ポンプにはあらかじめ少量の水が入れてある。最初に一押しし、パケの中でシャブを溶かし、吸い上げる。

静脈に打った。神野にシャブの常習性はない。そこら辺の意志の強さは、半端ない。使うのは、戦争の時だけだ。痛感をなくす必要があった。

入れ終えると、かっと身体《からだ》が熱くなった。

「てめぇら、うちのシマで何しやがる」

神野は花道通りに躍り出た。

「おぉ、あんたが、神野だな」

スキンヘッドに顔中にピアスを付けた男が、金属バットを振り回しながら、走り寄ってきた。背後から、仲間も押し寄せてくる。いずれも金髪やモヒカン刈り。だぼだぼのズボンをはいていた。洗練されていない。

「おうっ、俺が神野だ」

パナマ帽を放り投げる。暗黒の空に白にブルーのリボンのついたパナマ帽が映えた。

「てめぇだな、うちらのホスト攫《さら》ったのは」

スキンヘッドの男が金属バットを振り降ろしてきた。神野はバックステップを踏み、バットの尖端を素手で摑《つか》んだ。

痛感はない。さらにきつく握りしめる。自分の顔が鬼の形相に変わるのがわかる。

「おぉおおお、なんだこいつ」

スキンヘッドの顔が歪《ゆが》んだ。グリップを握る手のひらの力が弱まったところ、一気に引き抜いた。バットが神野のものになる。

「うりゃぁ」

尖端からグリップに持ち替え、すぐさま、身体を屈《かが》め、バットを水平に振った。

スキンヘッドの脛《すね》を狙った。

シャブを食って、余計頭がクリアになっている。致死性の高い、頭頂部などを狙うよりも、脛を打ち砕いてやった方がよほど利く。

はっきりと骨が砕ける手ごたえがあった。

「うわぁあああ、痛《い》てぇ、痛てぇよ」

スキンヘッドが膝を抱えて路上に転がった。当面、独りで立ちあがるのは不可能だろう。

「よくも兄貴を」

スキンヘッドの背後にいた黒髪をオールバックにした巨漢の男がいきなり青龍刀を突き出してきた。刃渡り三十センチ。握りの下に黄色の房が付いてる。こいつは中国系に違いない。

神野は右サイドに躱《かわ》した。

オールバックの肩を狙うことにした。

垂直に飛んで、バットの尖端を夜空に振り上げる。

だが、オールバックの動きは想像以上に早かった。神野が腕を下ろす前に、青龍刀の尖端が神野の頬に、ぐさっと突き刺さる。刃は上向きになっていた。

「神野、死にやがれぇ」

上に切り裂いてきた。頬から血が噴き出した。最もシャブが回っているので痛みはさほど感じない。それ以上に脳内アドレナリンが上がっていた。

「うわぉりゃぁ」

神野は、青龍刀の刃を握り絞めながら、オールバックの男に接近したまま、その腹部に膝蹴りを見舞った。

「くわっ」

男が目を剝いた。すぐに両膝を突いて崩れ落ちる。

自分でも想像できないほどの力で叩きこんでいたらしい。

「お前、俺の顔を疵《きず》ものにして生きていられると思ってんのかよ」

その顔に回し蹴りを放つ。革靴の踵《かかと》が鼻梁《びりょう》を捉えた。ぐしゃっ、と鼻骨が折れる音がする。

「うわぁあああああ」

男は顔面を押さえ、大声をあげて泣き出した。

「こいつ、袋にしちまえ」

「攫って上野につれて行くしかねぇな」

残っている儀銅鑼のメンバーが叫び出した。後方にいた三人の大型冷蔵庫のような男たちが、ぬっと前に出て来て、神野に覆いかぶさってきた。

実際、冷蔵庫が正面、左右から三台降ってきたような感じだ。

「ううううう」

さすがに潰された。

「脱がせ、脱がせや」

冷蔵庫男たちの背後で誰かが怒鳴っている。拉致する場合、男でも女でも真っ裸にひん剝くのは喧嘩《けんか》の常とう手段だ。

冷蔵庫男のひとりが、神野のスーツジャケットを肩まで下げた。腕が動かせなくなる。

「うっ」

プロレスのように、腹を張って撥《は》ね除《の》けようとしたが、さすがに重かった。

「八つ裂きにして、東京湾に沈めてやるぜ」

冷蔵庫男が頭突きを食らわせてきた。痛くはないが、跳ね返せない。内川の遅さにも腹が立って来た。とっとと来やがれ。

「くそっ」

もう一度、渾身《こんしん》の力を腹と膝に込めて、返そうとした時だ。

「うっ、なんだこりゃ」

「油じゃねぇか」

「うわっ」

儀銅鑼のメンバーたちからそんな声が聞こえてきた。何か灯油の臭いがしてきた。

さすがにガソリンは止めたということか。

神野はほくそ笑んだ。

「うわぁああああああ」

突然、悲鳴が上がった。

ひとりではない、何人もの悲鳴が上がっている。

神野に覆いかぶさっていた冷蔵庫の三人も、振り返るように身体を浮かせた。跳ね返しどころだった。

神野は肩から起き上がった。ようやく視界が開ける。

「おらぁ、焼き殺すぞ」

路上に内川の怒声が響いた。儀銅鑼の数人が炎を背負いながら、逃げ回っていた。懸命に戦闘服を脱ぎ捨てながら駆けていた。

居酒屋でよく見かける着火用ライターをピストルのように掲げた内川の背後に、灯油のポリタンクをぶら提げた組員が百人ほど集まっていた。

「本職、舐《な》めんじゃねぇぞ。くらえや」

組員たちは、冷蔵庫男たちにも容赦なく灯油をぶちまけた。神野はジャケットの肩を戻し、自由になった手で、サイドポケットからジッポーライターを取り出した。

ためらわずフリントホイールを回す。

ぼっと炎があがり、冷蔵庫男たちにも引火した。

「うわぁ、てめぇら狂っていやがる」

三人とも血相を変えて、服を脱ぎだした。その素肌にも、灯油をかける。大男たちは一目散に、逃げ去った。

「やいこらっ」

神野は、動けずに路上でうずくまっているスキンヘッドと黒髪のオールバックの男に、歩み寄った。

ふたりは怯《おび》えた目をした。

「こいつらに、たっぷりかけろ」

言いながら、内川から、着火用ライターをもう一本受け取る。チャッカマンだ。

組員がすぐに駆け寄り、頭から、十リットルずつ注いだ。

「お前らのバックは、どこだ。本職がついているようにも見えねぇが、なんだその青龍刀は？」

オールバックの男にチャッカマンを向ける。

「いや、儀銅鑼は単独組織だ」

首を振るのと同時に、髪の毛に点火してやった。

「うわぁああ」

黒髪が燃え上がる。神野は、すぐに指を一本立てた。組員が小型消火器を打った。

真っ白な泡が飛ぶ。炎は鎮火した。髪の毛が焦げた悪臭が漂う。

「ぎゃぁああ」

神野は、スキンヘッドに向き直った。

「お前は、毛がねえから、待ったなしだな。どこがお前らを操っている？」

着火用ライターの尖端を銃口のように向ける。トリガーにかけた指に力を籠める。

「待て、待ってくれ。武漢《ぶかん》マフィアだ。そいつらが、コロナで休業が続いている間に歌舞伎町を獲《と》りに行けと……」

スキンヘッドが早口にまくし立てた。

武漢マフィア。チャイナマフィアの各派閥の中でも、聞いたことのない組織だった。

制限時間だと言わんばかりに、靖国通り側からサイレンが聞こえてきた。

「このふたり、屋上に運べ」

部下たちに任せ、神野は、自社ビルに走った。

さっさと抉《えぐ》られた顔を直さないと、潜入できなくなってしまう。

第六章　政権崩壊

1

総理の長谷部が入院して一週間経《た》った。

伊勢谷総理代行が政権運営に当たっているが、内閣支持率はついに三十パーセントを切った。二十八パーセントだ。

与党民自党の支持率は辛うじて三十パーセントに留《とど》まっている。

合計五十八パーセント。

内閣と与党の支持率の合計が五十パーセントを切ったら、その政権は持たない。

しかも、総選挙に打って出た場合、大敗を喫し、下野の可能性も出てくる。

保守政権を支えたい、内閣情報調査室としては、必死に打開策を検討しているはずだ。

長谷部の会見は開かれておらず、マスコミ、野党からはブーイングの嵐になっている。

菅沼孝明が、会見を開かせないように官邸に働きかけているはずだ。

喋らせれば、長谷部が、あっさり退陣表明をしてしまう可能性が高いからだ。

伊勢谷は棚ぼたで二度目の総理の座を狙っているのだろうが、内調の読みでは、伊勢谷のもとで解散すれば、民自党は再びボロ負けすることになる。

勝てるのは、長谷部と真逆の地味で堅実なイメージである、官房長官、佐々木しかいないということなのだろう。

黒井は、黒色のメルセデスＳ４５０のステアリングを握り、首都高横羽線《よこはね》で、新《しん》山下《やました》を目指していた。

曇り空だ。左手に川崎《かわさき》の巨大工場群が見えた。

助手席に置いたままになっているスマホが鳴った。電話が来たことを知らせる映画『仁義なき戦い』のテーマソングのメロディと共に、ナビゲーション画面に相手の電話番号が浮かぶ。

菅沼だった。

黒井はステアリングの電話ボタンをプッシュした。

「はい。ドライブ中ですが、ひとりです」

車内マイクに向かって答える。

「経産省と国土交通省が、事業協力センターに次々に仕事を発注している。後藤さんが金を急ぎだしたようだ。そっちはどうだ」

菅沼の声が、いつもより甲高くなっていた。

「やはり、後藤さんには、チャイナマフィアが絡んでいるようです。その接点を担っているのはペルソナの中本でしょう」

「チャイナマフィアの九十パーセントは工作機関だ。どこの系統かね？」

「それをこれから探りに行くところです。勝手にやらせてください。極道には極道の仁義があります。国家はここへは立ち入らないで欲しい」

「わかった。任せるよ」

「後藤さんの推しは、わかりましたか？」

黒井が聞いた。聞きながらも前後左右の車に目を光らせる。

「あのおっさん、いきなり都知事の小林小百合《こばやしさゆり》を担いでくるつもりだ」

「ほう。穴を狙ってきましたね。どうせ短命なら、日本初の女性総理もありじゃないですか？　話題で選挙は乗り切れるかもですよ」

小林小百合は、七月の都知事選で圧倒的な強さで再選されたばかりだ。

新型コロナウイルス対策では、都独自の補償金や休業要請、自粛要請を繰り返し打ち出し、高齢者層、主婦層からは一定の評価を得ている。

『夜の街』とりわけホストクラブに対する締め付けは、ほとんど敵視政策に近く、歌舞伎町からは反発する声も上がっているが、世論は彼女の味方となっている。

毎日、都内のコロナ感染者を発表する会見を開き、その姿が各局で放映されるのだから、総理並みのテレビ露出量がある。

「いや、総選挙は乗り切れるだろうが、勝ちすぎると怖い女だ」

菅沼の声のトーンが下がった。

「もともと民自党で閣僚の経験もありますし、ばりばりの保守政治家でしょう。内調としては問題ないのではないですか？」

三年前、小林が、衆議院選に向けて国政政党を組織した際、野党第一党もこれに便乗しようとしたが、左派をはっきり排除した経緯がある。防衛大臣も経験しているので、日米同盟に関しても問題はないはずだ。

横浜が近づいてきていた。

「民自党を分裂させて新党を作る可能性がある。元は民自党であっても、彼女はいわゆるプロパーではない。様々な政党を渡り歩いた女だし、現在の民自党を必ずしもよしとはしていない」

菅沼が言った。黒井にもピンとくるものがあった。

小林小百合は、むしろ現在の民自党には恨みを持っている可能性がある。自分よりも若い長谷部が総理になって以来、それまで民自党の看板女性議員のひとりだったにもかかわらず、小林は、上がり目を失ってしまったのだ。

長谷部のより若い女性議員たちの登用が目立ったのだ。

活躍の場がなくなったと見た小林は、前都知事の失脚に伴う知事選に打って出た。たしかにスタンドプレーであった。民自党は、これを党の方針ではないとして、対抗馬を立てた。

結果は小林の圧勝だった。都知事になってからは、元キャスターの経験を生かした、見事なスピーチで、さらに人気を博した。

「そういえば、後藤さんも、一度民自党を出ているんですね」

黒井は初めてそのこと思い出した。

「後藤さんと小林さんは、同じ政党だったことがある」

かつて存在した新保党《しんぽとう》だ。

「つまり……」

「小林さんが看板になって、後藤さんが裏方になれば、それなりについてくる議員も増えるし、野党からも移籍を望む連中が増えるだろう。後藤さんはそれを狙っている。令和のフィクサーとして政界を操りたいんだ」

「それは、ややこしいことになりますね」

黒井もそう思った。

平時であれば、これは健全な政界再編となる。十一年前に一度政権をとり三年後に、民自党に奪還された立共党の支持率はいまだに回復していない。

代わって人気を得ているのは、極端な理想を掲げるポピュリスト集団ばかりだ。

長すぎた長谷部政権に楔《くさび》を打つ形で、民自党が自ら分裂することがあってもよい。

だが、いまはあまりにも時局が悪すぎる。黒井はそう思った。

日本も世界も、新型コロナウイルスと戦っている非常時だ。戦時と言ってもおかしくない。

「ここはまずいだろう。チャイナもロシアも、日本の分断を狙っている最中だ」

菅沼が言った。

阻止したいということだ。だから後藤の資金源を断ち切れ、ということだ。

黒井は初めて、今回の工作に合点がいった。

「奮闘したいと思います」

菅沼に、はっきりそう伝えた。

これまでのミッションは、国内の極道を束ねて悪の側から日本を護《まも》ることであった。海外マフィアから日本の闇社会を護ることに重きを置いていた。しかるに今回の指示には、内調の政治的スタンスをありありと感じていたので、どこか吹っ切れないまま仕事をしていたのも事実だ。

潜入捜査が基本で、明確な敵がいなかったことも、すっきりしない理由だった。

だが、これではっきりした。

政局の安定。その一点のためにだけでも戦う意義はある。

電話を切った。

新山下の出口が見えてきた。

久しぶりのハマだ。

インターを降りると、黒井はメルセデスを本牧《ほんもく》に向けた。名物のS字カーブを抜けて、かつて『フェンスの向こうはアメリカ』と呼ばれたあたりに出る。

米軍将校の居留地だった一帯は、返還後、巨大でモダンな街区として開発され、いまでもそのバブリーな面影は残っている。

黒井は、本牧通りのライブハウスの前に車を止めた。前回の東京オリンピックが開催された一九六四年に開業した店である。黒井の父親が小学生だった頃だ。

店は昔の面影を残したままだ。

まだ、黄昏時《たそがれ》だ。

黒井はメルセデスを通りに止めたまま、店内に入った。ガラス窓から通りを見渡せるので問題はない。

その老人は、窓際の日当たりのよい席で、ジントニックを飲んでいた。銀髪をポニーテールに結び、派手な柄のアロハだ。横浜には、こんな老人が多い。

「林《りん》さん、ご無沙汰しています」

一礼して、老人の前に腰を下ろした。

林慶文《りんけいぶん》。台湾《たいわん》生まれの華僑《かきょう》マフィア。今年で七十二歳になるはずだ。

黒井はジンジャーエールを頼む。カウンターの中にいるのは、往時を知らない若者らしかった。

「すみません、車なもので」

「そういう時代だな。つい二十年ぐらい前までは、みんな車でやって来て、ガンガン飲んでいたのものだ。捕まる、捕まらないは運次第なんてな」

林がそう言い、ジントニックを呷《あお》り、もう一杯とカウンターへ向けて人差し指を立てる。

「固くてすみません」

黒井は、軽く頭を下げた。

「いやいや、それでいいんだ。飲んで事故った奴《やつ》は自業自得で済むが、巻き添えを食らったものはたまったもんじゃねぇ。酒酔い運転なんて、外道のすることさ。あの時代はどうかしていた」

林が親指を立てた。

いい老け方をしている。黒井はそう思った。過去を美化しない老人は、いまが充実しているということだ。

「ときに、林さん、武漢マフィアというのを聞いたことがありますか？」

黒井は単刀直入に聞いた。

突然、林の目が尖《とが》った。

「あんたも、父親に似ず、洗練されていないな。老人に物を尋ねるときは、世間話からはいるものだ。このところの健康状態はどうだとか、近所とはうまくいっているかとか、そういう話を、飽きるほどしてから、さりげなく、知りたいことを混ぜる。それも遠回しに、だ。それが会話のセンスってもんだろう。あんたの父親はフェイントの名人だった」

林が赤と白のチェックのテーブルクロスの上を、神経質そうにウエットティッシュで拭き始めた。ヒントは与えたと言いたいらしい。

黒井の父親は、神奈川県警の刑事部旧捜査四課の刑事であった。現在の組織犯罪対策部。

担当は中華街。昔も今も治外法権のような一帯だ。

現役時代、林とは壮絶なバトルを繰り広げていたらしいが、父は、一度も林を逮捕出来ていない。

武器の輸出入、地下銀行、闇カジノ、何一つ証拠を摑《つか》ませなかった男だ。

「失礼しました。ちょっと、若い者とばかり付き合っていたので、せっかちになりました。どうですか、最近のハマは？」

我ながら取って付けた物言いだと思ったが、そう切り返した。

「つまらんよ。俺がこうして飲んでいられるぐらいつまらないことはない」

ハマは平和だということだ。そして林はまだ、この町に隠然とした影響力を持っていると言いたいらしい。

ジントニックとジンジャーエールがテーブルに置かれた。

「ふるさとの方から、頼りはありませんか」

韻を踏んだつもりだ。

「中国人は世界中で元気だそうだ」

「ウイルスの影響はないと？」

「あるが、人口数で勝負している。日本の人口数分が死んでも、まだ十三億人近く残っている国だ」

林が笑った。言う通りだ。

「そうですか。あからさまですが、ご近所付き合いはどうでしょう」

そう聞けと言ったのは林だ。

「転入者が挨拶なしで、道を歩いている。困ったものだ」

武漢マフィアをさしていると、黒井は読んだ。

「町の治安を守るために、私の方で、注意してあげましょうか」

林が、鼻梁《びりょう》を指で掻《か》いた。鷲鼻《わしばな》だ。

「近所だから言いにくなぁ、と思っていたところだ」

「林さんたちが作った地元のルールは、とてもよく出来ています。これからもそのルールで行くべきです」

華僑マフィアは、居住国を大切にする。彼らの祖国「清国《しんこく》」はもう存在しないからだ。しいて言えばそのルーツは台湾に引き継がれている。

明治時代から横浜、神戸《こうべ》、長崎の中華街に根を張る在日華僑マフィアも同じだ。中華人民共和国は彼らの父や祖父の時代には存在しなかった国だ。

「注意する相手を教えてください。すぐに行ってきます」

「ふむ」

林がカウンターに向かって手を上げた。虚空で何か書く真似《まね》をした。直ちに、ボーイがメモ紙とボールペンを持ってくる。

林が、さらさらと英語でメモを書く。

英語が苦手な黒井は、じっくり読んだ。

驚いた。

「司令塔は、女ですか？」

堪《たま》らず、声に出して聞いた。

「生まれたときから工作員として育てられた女だ。傍目《はため》には単なる橋渡し役にしか思われない。そういう女が、主役なものだよ」

黒井は膝を叩《たた》いた。

雷通には女を潜り込ませる——内調の菅沼もおおよそ見当をつけていたのだ。

「その女が武漢マフィア?」

そう聞くと、林に鼻で笑われた。

「あんた、何夢見ている。そもそも武漢マフィアなんて存在しないよ。それは彼女が作り上げたお化けだ。上野の半グレも騙されているのさ」

林が胸の前で両手をバシンと合わせ、茶目っ気のある目で笑う。渡せる情報はそこまでだ、ということだ。

「その礼儀知らずの女、どうしてやりましょう」

「そういう女は、お漏らしするほど、怖い目に遭わないと、更生しませんよ」

林はふらふらと立ち上がって、店の隅に置いあるバンドセットに向かった。ギターを取り上げる。古いフェンダー。テレキャスターというやつだ。

アンプのスイッチを入れて、ブルースを弾き出した。せつないメロディだ。

2

真木洋子は、自慰をしたい欲求にひたすら耐えていた。

栗川千晶に、あの日から三日間、必ず寝る前にまん切りを求められたのだ。

拒否できるはずもなく、真木は、受け入れてきた。

ところが、四日目から「もう充分、姉妹として信用しているから」とやらなくなった。

膣袋《ナカ》が疼《うず》きだしたのはその夜からだ。

一服盛られたようだ。千晶の指には、媚薬《びやく》が塗られていたに違いない。おそらく覚せい剤だ。

まん切りを止《や》めて二日になる。疼いて疼いてしょうがない。これが千晶の手口であったかと、改めて驚かされる。

迎賓館と呼ばれるこのペルソナ東京保養所に入って、トータル十日が経っていた。

新型コロナウイルスに罹患《りかん》し、二週間隔離されていることになっているので、あと四日はここから出ようがない。

真木は、白のフレアスカートの中で、太腿《ふともも》を寄せ合いながら、取引の様子を目撃していた。

「幹事長の準備は整いましたか」

そう言ってペルソナの社長、中本喜平が、スーツ姿の中年男にブランデーを勧めた。

ビクトリア調の家具で統一した応接室は欧州の貴族の書斎を思わせる。

「長谷部派、伊勢谷派と歩調を整えるように見せかけていますが、この二つの派閥以外の票は押さえています。石橋さんが手を上げる雰囲気を作っているので、幹事長の本意は見えていません」

スーツの男が答える。後藤俊博の私設秘書だ。男はブランデーをほんの少し舐《な》めただけだ。

「都知事はどうなのですか？」

中本が聞いた。

「あの人は、顔も似ていますが、本当にタヌキです」

秘書が自分で言って、笑った。中本は笑わなかった。

「というと？」

「キャッシュを見ない限り信じないと言っているそうです。やはり百戦錬磨の猛女ですな。国会議員票よりも地方党員の票を気にしています」

秘書は額の汗を手の甲で拭いながら言った。

「それは遠回しな言い方ですね。要は、後藤さんが民自党を割って、新党を作るだけの資金を集められるか、そこを推し量っているのですね」

中本の鋭い視線が秘書に向けられる。

秘書が沈黙した。瞬《まばた》きが早くなっている。中本が、頬を撫《な》でながら、続けた。

「先に、現金を回しましょう。回収の保証はつけられますか？」

秘書の目が輝いた。

「すぐに、国交省から観光事業者特定給付金の申請受付業務を下ろします。事業協力センターの受注は七百億円でどうでしょう」

中本は「ふむ」と考え込んだ。

「私どもと雷通さんで手分けしてやりますが、実務として六百億はかかります。事業協力センターにも七十億は残しておかなければなりません」

中本がそう言っている。実務分の六百億といってもペルソナも雷通も十分な利益を乗せた上でのことであろう。事業協力センターは、丸投げしただけで、七十億円を手にする話だ。実質的な職員は代表だけ。あとはすべて出向職員で、事務所費もほとんど雷通が負担しているはずだ。七十億はストックでしかない。そしてさらに三十億浮いている。

「政権が取れたら、どうにでもご協力できます。いまは、まだ官房長官の目が光っているので、後藤も顔色を窺《うかが》いつつ動いていますが、この戦いに勝つと後藤の思うままになります」

「しかし、政界は一寸先が暗闇だ。佐々木さんは、本当に出ないんだろうね」

中本が念を押す。グラスを一気に飲み干した。

真木は、ブランデーグラスを引き取りながら、さらに太腿を強く揉《も》み込んだ。千晶と共に、接待係としてここに臨席している。

ひょっとしてこの秘書と自分は、寝ることになるのだろうか？

千晶に依頼されたのは、まだ選挙運動中のサクラの動員や、政界の資金集めパーティにおけるコンパニオン動員の依頼だけだが、いずれ枕接待も要求されることだろう。自分の膣《ちつ》に仕掛けられた薬物は、その準備段階であろう。

政界の資金集めパーティは、新型コロナウイルスの影響で中断されているが、間もなく一斉に始まるらしい。

もう政治家も、自粛などときれい事を言っている場合ではなくなっているのだ。

「あれだけ出ないと公言しているのですから、手を上げることはないでしょう。もちろん、政界は一寸先は、どうなるのかわかりません。ですから、後藤は、表向きには小林小百合という隠し玉を用意し、裏からは新党の立ち上げをちらつかせるつもりです。一週間以内に長谷部総理辞任、伊勢谷総理代行のもとで、総裁選あるいは、話し合いによる選出となります。中本社長、ここが勝負どころです」

秘書がいきなりソファから飛びおり、床にひれ伏した。

中本はさして驚きもせず、千晶の方を見た。千晶が顎を引く。

「あなたの身体《からだ》、担保に差し出してもらいますよ」

中本が言う。

何を意味する？　真木は秘書の背中と中本、千晶の顔に、視線を回した。

「この身はどうなっても」

秘書が床に手を突いたまま言う。

「わかった。今夜、まず二億円持っていきなさい。あと十億円用意しましょう」

秘書の肩がピクリと揺れる。

「ただし、それは後藤さんが直接、ここにいらっしゃること。もちろん、正式訪問ではなくお忍びで来てください。方法はあるでしょう。宅配便の中に入って来てもいいです。必ず直接来てください。昔から、政治家への資金提供は、直接、現金渡しが原則です。もちろん、後藤さんの目の前に現金を積み上げるような下品なまねはしません。主に中国への戦略について話し合いたいのです」

「ペルソナの中国オフィスの開設の件ですね」

「そうです。いまのままでは、日本の労働人口はあっという間に激減します。外国人労働者の規制緩和が急務ですが、同時にそれらの労働者の質の見定めや管理も重要になってきます。これは許認可制にするべきです。私たち人材派遣のプロにはその能力があります。早めに中国の人材を押さえておきたい。現在、民自党内で、最も北京《ペキン》に人脈があるのは、後藤さんですね」

言っていることは正論だ。だが、どこかに違和感がある。いちいち千晶が頷《うなず》くことだ。

人材派遣会社と中国。

真木は、頭の中でそのふたつの言葉を反芻《はんすう》した。

ペルソナは日本の様々な業界に人材を派遣している。その企業の情報が抜き取られていたら？

ふとそこに思いが回り、ぞっとした。

どこにでも売れる。

さらに、中国からの人材をペルソナが独占的に扱ったら？

諜報員《ちょうほういん》を自在に潜り込ませることが出来る。

ペルソナという社名は、文字通り「仮面社員」という意味だそうだ。最近は、単純作業用の人材派遣とは異なる専門性の高い人材のヘッドハンティングにも乗り出している。

「後藤はすでに八十二歳です。残りの事業を中本さんに引き継いでもらいたいと思っています」

それは、どんな事業なのだ？

「わかりました。私も、後藤さんに賭けましょう」

中本が再び千晶の顔を窺う。

千晶が頷き、立ち上がった。扉を開け、誰かに声をかけた。

三分ほどで、大型トランクが二個、台車に載せられ、運び込まれてきた。千晶がトランクをひとつずつ開く。札束が詰まっていた。

「確かに」

秘書が床に膝を突いたまま頷く。

「そちらの運転手さんを呼んでください」

またしても千晶が言う。秘書はすぐにスマホを取り出し、その旨、伝えている。

しばらくして、運転手らしい男がやって来た。

「秘書さんは、一時間後にここを出ます。それまで、地下の駐車場でお待ちくださ
い」

運転手が頷き、台車を押していく。

すべてを千晶が仕切っていた。

この女の立ち位置は一体どういうものなのだ。真木の胸底に疑問が渦巻いた。

運転手が出ていくと、すぐに、スタイルの良い女が入ってきた。灰色のビジネス
スーツを着ている。眼鏡《めがね》をかけているが、端整な顔立ちだった。

「大鳳《たお》ちゃん、よろしくね」

「了解しました。きちんと撮影しておきます。さっ、行きましょう」

大鳳と呼ばれた女が、秘書の腕をとって、応接室から連れて行った。

「これでいいかい」

中本も立ち上がる。

「お疲れさまでした」

千晶が答えた。中本は、さっさと部屋を出て行った。千晶が、真木を向いた。

「なにか質問は？」

「あの秘書さんと彼女は？」

真木は聞いた。

「一発やるのよ。がっちり動画撮影させるわ。今頃、大鳳が二億の受け渡しの件がバレたら、セックスしてるシーンを流出させると説明しているはずよ。あの秘書さんだって、承知の上よ」

だいたい想像していた通りだ。

「他に質問は？」

千晶が両手を腰に当てながら聞いてくる。まるでこの館《やかた》のボスが自分であるかのような態度だ。

「どうして、私なんかを同席させたのでしょう」

それが一番の疑問だった。

「後藤俊博が来たときには、あなたに寝てもらいたいから。ねっ、もう準備万端でしょう？」

千晶が笑った。

3

「青山先生が乗って来たわ」

河合杏奈が、席に着くなりそう言った。

乃木坂《のぎざか》にある老舗《しにせ》オープンカフェ。通りを隔てた向こう側に青山墓地がある。嵌《は》める相手の名前に合わせてここで待ち合わせた。

とはいえ、神野にとって、あまり居心地のいい店ではない。セレブな雰囲気なのだ。自分はやはり歌舞伎町のルノワールのほうが性に合う。

「いつになる？」

神野は、店の名物であるホットケーキにナイフを入れながら聞いた。

「明後日の深夜です。ペルソナの別館で、定例の異業種サロンが開かれます。青山先生はその常連なのですが、私たちを招待してくれるように頼みました」

神野は直ちに黒井にそのスケジュールをメールした。

杏奈は紅茶とシュークリームのセットを頼んだ。

オープンテラスには、主婦グループと女子大生グループが一組ずついた。黄昏前の中途半端な時間なので、OLやサラリーマンはいない。時節柄、外国人観光客は、まったくいなかった。

「異業種サロンというのは、杏奈と出会った『ホリーズ・ハイ』のようなものか?」

三角に切ったホットケーキを口に入れる。弾力があり、味も濃厚だ。この適度な甘さは、エスプレッソにあう。

「まったく違うわ。ホリーズ・ハイは、本当にビジネスをするためのベンチャーたちの集い。堀内さんのブランド力と人脈を生かして、経済界により新しい塊を作ろうとする人たちのサロンだわ」

杏奈の目の前に、品の良いティーカップに入った紅茶とシュークリームが運ばれてきた。

「ペルソナの方は違うのか?」

神野は聞いた。

「むしろ旧世代の政財界人が中心。それに芸能界やスポーツ界」

「ほう。なんともいかがわしい雰囲気だな」

「そのものズバリよ。若手の芸能人やスポーツ選手、それに若手経営者にパトロンを持たせるための交流会といった趣旨よ。だから、若手経営者といっても、半グレ出身の芸能プロオーナーや、飲食店オーナーが多いの。しかもこのサロンは一般の店を借りるのではなく、ペルソナという一企業の施設で開かれるので、秘密が保たれる……」

杏奈はそこで言葉を区切った。

女と裏金が行き来する、なんともいかがわしい空間がそこにあるということだ。

杏奈が続けた。

「ペルソナの中本社長自体が、老舗芸能プロの『ダイナマイト企画』の社長と懇意にしているし、自らも若手芸能プロ経営者のパトロンになっているから、枕女優はどうにでも用意できるのよ」

そこで丸いシュークリームを口に入れた。キンタマをしゃぶっているように見えたのは、気のせいかも知れない。

「そこで、青山に金を渡したい。しっかり本人にね」

「間違いなく受け取りますよ。公判が始まるまでに、なんとか贈賄側の中国系日本人を丸め込みたいはずだわ。偽証してもらうのに、二千万ぐらいの買収金は必要なはず」

「すぐに用意するよ。ところで、もうひとつ頼みがある」

神野はエスプレッソをさっと飲み干した。パンケーキの甘さが広がった口内に、苦みがほとばしる。

「なにかしら?」

杏奈は、ナプキンで口の端についたカスタードクリームを拭い、ティーカップを手に取った。時折、女子大生たちの軽やかな笑い声が聞こえた。

「堀内健介さんに、一般社団法人『イベントデザインセンター』の設立発起人になってもらえないかな。もちろんバーターズも資金提供するが、あくまでも、堀内さんに中心になってもらいたい。霞が関へのロビー活動は、僕がしっかりやる」

神野は、エスプレッソを追加オーダーした。ダブルにしてもらう。パンケーキをひとつ平らげるためには、そのぐらいの量のエスプレッソが必要だった。

「その一般社団法人は何をやるの?」

「霞が関の各官庁が開催するシンポジウムや講演会、それに文化イベントを引き受ける。もちろん受注後は、民間のイベンターに丸投げさ。いま、コンサートやイベントがなくなって困っているイベント運営会社が山ほどある。そこに仕事を回してやれば、社会貢献ともなる。儲《もう》けた上に世間から褒められる事業だよ」

そうすれば神野組系のテキヤや興行会社にも流せる、という下心は隠した。

「それ、たぶん、堀内さんの盟友の青山書院の三田孝輔さんも乗りますよ」

「そうだろうな。あの出版社は、版元というより、イベンターに近い」

と、そのとき、黒井からの返信メールを知らせるメロディが鳴った。スマホを取り出し、杏奈には見せないように膝の上で開いた。

【明後日、その時間に、後藤俊博も、同じ場所に行くようだ。内調が情報提供者《エス》から聞き取った。なにかに偽装して行くようだ。ここは、一気に潰しに出るチャンスだと思う。ペルソナ別館ごとがさ入れをするために、うちがファイアー＆ウォーター工作を仕掛ける。いいな】

最後の一言は、関東舞闘会の符牒《ふちょう》だ。お家芸でもある。

神野は直ちに【了解】と打ちながら、あえて。

「ホリーズ新党の方は？」

話題を変えた。

「堀内さんが、芸能プロデューサーの冬元博さんに振ったところ、大乗り気です。冬本さん、プロデューサーの究極の目標は、政治家を作り出すことじゃないかって言ってました。私のライバルになってしまいそうです」

杏奈が肩を竦《すく》めた。

とそのとき、真横のテーブルにいた女子大生グループのひとりがスマホを眺めながら、素っ頓狂な声を上げた。

「長谷部総理が辞任を発表ですって」

すぐに目の前の女子も反応した。

「えぇえぇえっ。私、物心ついた頃から、総理大臣って長谷部さんしか知らないから、なんか不安。日本、大丈夫？」

足掛け八年の政権とは、小学生が大学生になるまでの期間だ。彼女の不安もわからないではない。

だが、やはり長すぎたのだ。

神野と杏奈は聞き耳を立てながら、自分たちもスマホのニュースを開いた。

【総理、健康状態悪化のために辞意を表明。本日午後七時に会見をセット】

想定より事態は急転している。

これは仕事を急がなければならない。

4

真夜中だった。

タクシーの窓越しに夜空に輝く東京タワーが見えた。

このところ、湿度が急激に下がったせいか、東京タワーもすっきり浮いて見える。すでに閉場しているが、そのふもとの駐車場には、黒井建設の大型トラックが止まっているはずだ。組員三十人と武器もたっぷり積んである。

神野は胸ポケットに挿し込んでいた黒縁眼鏡を取り出し、おもむろに掛けた。縁の幅が広い。左右のレンズの端に、マイクロカメラが埋め込まれている。画像はスマホに飛ばして記録できる。

青山に金を渡したシーンを収録するためだ。

「似合いますよ」

隣で杏奈が言う。今夜は地味に黒のスカートスーツでやって来ている。黒のパンストも艶めかしい。

神野はグレンチェックのスリーピースだった。

「二日ぶりなのに、なんだか胸が盛り上がって見えますね。ジムに行ったんですか」

　杏奈に聞かれた。

「たっぷりトレーニングしてきた。金の絡む現場では、修羅場になることが多い。杏奈ちゃんも、今夜は僕の指示に従ってください」

　香川雅彦になり切った穏やかな口調で言う。

「わかりました」

　杏奈が殊勝に頭を下げる。

　互いに銀座の洋菓子店の紙袋を太腿に載せていた。一千万円ずつ入っている。差し入れを装っての持ち込みだ。

　タクシーが芝公園近くの一角に入った。東京の最中央部にあって、このあたりは闇が多い。すぐにペルソナ迎賓館の長い塀が見えてきた。塀の中は鬱蒼《うっそう》とした木々に覆われている。

　タクシーは門柱の前で止まった。『㈱ペルソナ飯倉別館』とある。

　杏奈が先に下りると、中から監視カメラで見ているのだろう、白い鉄柵の門扉が自動的に開いた。

敷地内に踏み込むと、ホワイトハウスとそっくりな外観の建物が目に飛び込んできた。これだけで成金趣味だとわかる。

車寄せまで、長いアプローチがあり、左右に街灯が埋め込まれている。夜間滑走路を歩く趣だ。

車寄せに面したやはり白い観音扉が開いていた。杏奈が先に入る。

「河合さん、いらっしゃい」

大理石の床のエントランスに、背の高い、黒髪の女が立っていた。長い髪だ。日本人形のような顔立ちだった。ベージュのワンピースに黒のサマーカーディガン。シックないでたちだ。

「こちらが、バーターズの香川雅彦さんです」

杏奈が女に紹介してくれた。名刺交換となる。

「栗川です」

女の名刺には、「㈱ペルソナ　情報管理室　室長　栗川千晶」とあった。

この女だな――

と、神野は胸底で呟《つぶや》いた。黒井からマークするように命じられていた。

「お世話になります。青山先生にお届け物しましたら、すぐに引き上げますので」

「こちらこそ、この別館を商談の場に使っていただいてありがたいですわ。どうぞこちらへ。青山先生はもうだいぶ前におつきですわ」

千晶が恭しく頭を下げ、くるりと背を向けた。

長い歩廊が続いていた。千晶の先導で奥へ、奥へと進む。二分ほど歩いたところで、千晶が右側の扉を開けた。

「ここがサロンになっています。みなさん自由にしていますので、干渉はなさらないでください。このサロンでかわした会話や目撃したことは、決して外部では漏らさないという不文律があります」

「承知していますわ。千晶さん」

杏奈が答えた。

サロンの中へと足を踏み入れた。

広さは約五十坪。高級ホテルのメインバーの趣で、英国風の長ソファがいくつも置かれていた。天井の円形ライトはかなり暗く絞られており、代わりにソファの付近に背の低い間接照明が、いくつも置かれていた。

ここでも千晶が先頭を行く。神野と杏奈は続いた。

やたらアロマオイルの匂いがした。記憶にある匂いだ。半グレの集まるクラブの

VIPルームや彼らの乗る車で、よくこの匂いを嗅ぐ。

覚せい剤や大麻の香りを消すためだ。

薄灯《うすあか》りの中を歩きながら、目を凝らすと、プロ野球選手と大物女優が絡み合っているのがわかった。

あちこちのソファから、押し殺したような喘《あえ》ぎ声も聞こえる。

「あの一番奥に先生はいます。私はこれで」

千晶がサロンの中ほどで足を止めた。

「わかりました」

神野と杏奈だけで、先へ進んだ。

「大鳳ちゃんのおっぱい大きいねぇ。このサマーセーター捲《めく》っていい？」

青山史郎は最奥の三人掛けソファに座っていた。ソファは壁を向いている。こちらから見えるのは、ふたつ並んだ頭だけだ。

「おっぱい露出はダメですよ。そういうのはVルームに移動してから」

大鳳という女が甘えた声を出している。

「青山先生、お楽しみ中のところ、申し訳ありません。お届け物に来ました」

杏奈が背後から声をかけた。

青山史郎が、首だけ曲げた。

「河合さんか、いやすまなかった」

黒髪を油で七三にきちんと分けている。柳屋《やなぎや》ポマードか？　独特の匂いが漂っている。四十六歳だというが、この男、一世代前の中年男の雰囲気だ。無理に貫禄《かんろく》を醸しだそうとしているようだ。極道にもこういう輩《やから》は多い。

大鳳は、すぐに立ち上がった。腹の位置まで捲れあがっていたスカートの裾を元の位置に戻している。ピンクのパンティの股布がわずかにずれているのを、神野は見逃さなかった。

「大鳳は、ちょっと外してくれ」

青山が大鳳のヒップをぱんぱんと叩いた。

「じゃぁ、私、先にVルームにいっています」

大鳳が出て行った。

「もう少し、早いか、遅いか、どっちかにすればよかったですね」

杏奈が、大鳳が座っていた位置に座る。青山の指が微《かす》かに光っている。

「いや、いいんだ」

「いまの子よりも、十歳は年取っていますけど、触りますか？　ちょっと高いですけど。蕩《とろ》けています」

　杏奈が薄暗がりの中で、スカートを捲って見せた。黒のパンストとばかり思っていたのは実はただのストッキングで、太腿のところに赤いベルトで止められている。黒いパンティとの間に見える、真っ白な太腿とその付け根に、神野は、思わず喉を鳴らした。

「いやいや、遠慮しておくよ」

　青山はローテーブルの上にあるおしぼりで指を拭った。

「まぁ失礼ね。選挙カーの中では、ウグイス嬢の股をさんざん弄《いじ》っていたくせに」

　杏奈がスカートの裾を引いた。

「こちらが、バーターズの投資コンサルタントの香川さん」

「初めまして、香川と言います」

　神野は紙袋を差し出した。すぐに杏奈も、青山の足元に自分が持っていた紙袋を寄せる。

「おぉっ、すまんな。本当に感謝感激だ」

「合計、二千万だ。」

　青山が両手を膝に付けて、深々と頭を下げた。政治家は、金と権力のためなら、いくらでも頭を下げられる生き物だ。

「それで、上海遊戯公司は、証言を変えてくれますかね」

睨《にら》むように言ってやる。

「変えさせる。絶対に偽証させて見せる」

そう言う顔も声も、収録されている。

「では、いちおう、私たちの目の前で包みを検《あらた》めてください。あとで、貰《もら》っていないでは困ります」

「わかった、わかった」

青山は、身体を折り曲げ、紙袋の中の包みを開いた。通称、蒟蒻《こんにゃく》が十本入っている。そのうちの一本を取り出した。

「間違いないよ」

レンズに向かってにやりと笑った。完璧にとらえた。

「東京の誘致が本格的に決定しそうになりましたら、運営会社はラスベガスでお願いします。そのときは、また別途資金を提供します」

はったりを噛《か》ますのを忘れなかった。嘘《うそ》には出来るだけ、もっともらしい理由をつけた方がいい。

「この借りはちゃんと返すよ」

青山が再び頭《こうべ》を垂れた。

「センセ、今夜は、Ｖルームには行かず、それを持ってすぐに帰った方がいいと思います」

杏奈が、アヒル口で言った。大鳳という女とやらせたくないという顔だ。おそらく、杏奈は青山と寝たことがある。これは軽い嫉妬だ。

「そうだな。今夜は、もっと大物も来そうだし、私はこれで引き上げるとしよう」

青山は紙袋をふたつぶら提げて、早々に退室していった。

青山が部屋を出た瞬間に、表からけたたましいサイレンの音が聞こえてきた。どんどこの館《やかた》に接近してくるようだった。

サロンの中の客たちがざわついた。

神野と杏奈は、速足で扉へと進んだ。

「なあに？　手入れとかじゃないわよね」

サロンの中央のソファ。

モデル出身の大物女優が、スリップを腰に巻いただけの半裸で立ちあがった。横には、ズボンのファスナーを下ろし、勃起を突き出しているプロゴルファーが立っている。

扉が開き、千晶が顔を出した。

「みなさん、ご心配なく。ズボンもパンツも下げたままで平気です。いま、うちの社員が階段から転げ落ちて、あちこち骨折したようなので、救急車を呼びました。エントランスで救急隊員に渡しますので、この奥まで、誰かが来ることはありませんん。だから、どうぞそのまま」

立て板に水のように言っている。

客たちは、な〜んだとか言いながら、また静まり返った。

「青山先生との商談は終わりました。私たちはこれで失礼させていただきます」

杏奈が礼を述べた。

「あら、今夜は、中本もいるわ。香川さん、せっかくですから、中本に会っていってください」

千晶が、通路の方へ手を差し出した。

「それは光栄です」

神野は素直に受けた。

長い廊下を引き返した。

エントランスまで戻ると、テレビで見たことのあるペルソナの創業者、中本喜平ともうひとり、見知った女が立っていた。

桜田マキだ。どういうわけか台車の把手《とって》を握っている。大型トランクを四個積んだ台車だ。

なんだ？

5

いきなりエントランスの観音扉が左右共に開き、救急隊員が飛び込んできた。

四人いる。

「患者は？」

先頭のひとりが言った。ヘルメットを深くかぶった老人だった。東京消防庁の定年は六十歳のはずだ。だが、男は、それよりも遥《はる》かに老けて見える。灰色の制服もぶかぶかで全然フィットしていない。

背後の三人はストレッチャーを牽《ひ》いている。

「ここに」

中本喜平が、台車を指さした。

「ほう」

トランクを認めた老いた救命隊員が、ヘルメットの庇《ひさし》を少し上げた。

それは紛《まご》うことなき、民自党幹事長、後藤俊博の顔だ。神野は、さりげなくズボンのポケットに手を突っ込み、スマホの画面をタップした。こうしただけで、黒井に空メールが飛ぶ仕組みだ。空メールがそのまま、後藤の登場を意味する。

「先生、ワントランク、二・五です」

中本が指で示した。四トランクで十億ということか？　神野は目を瞬《しばた》かせた。

久しぶりに、でかいシノギだ。

「おいっ、ストレッチャーに積め」

後藤が背後の三人に伝えた。こいつらも東京消防庁ではない。さしずめ後藤の後援会の者だろう。

三人が、台車の前に進み、トランクをストレッチャーに積み直し始めた。白い布をかけてしまえば、秘密裡《り》に現金十億を運び出せるという寸法だ。

ふと、桜田マキに目をやると、肩を小刻みに震わせている。雷通ルートでここに潜っていたはずだが、動きが妙だ。

「後藤先生、受け取りのハンコが必要です」

千晶がマキの背中を押しながら言っている。

「う〜ん。時間がないがしょうがないな。それが条件だったな」

後藤が、編み上げブーツを履いたまま、こちら側に進んできた。

「あの、ちょっと」

マキが、さらに身体を強張《こわば》らせたのが見て取れた。

神野は、合点がいった。大体、悪党の発想は一緒だ。セックス動画を担保にとって、脅すということだろう。

神野は杏奈の耳元で囁《ささや》いた。

「俺が、騒ぐ。杏奈ちゃんは、桜田さんを連れて、逃げて」

「えっ？」

「門柱を出たら、まっすぐ六本木方面に走ってくれ。そしたら、緑色のトラックが、ふたりを回収してくれる」

「はい？　意味わかんないです」

杏奈はまだ芝居の中にいた。神野は一段と声を潜めた。

「６９６９。頼むよ。俺は８８３９。名残《なごり》惜しいが、社内エッチはここまでだ」

そう言って、杏奈のヒップを撫でまわした。

「うっ」

杏奈は頬を真っ赤に膨らませたものの、ひょいとマキの方へ身体を移動させた。

その瞬間、神野は前に躍り出た。

後藤の腕を摑み、足払いをかける。

「おいっ」

権力者が呆気《あっけ》なく大理石の上に倒れた。

杏奈が、一気にマキの手を摑み、エントランスを飛び出していく。たちまち門柱の外へと消えた。

「これ、どういうことよ。あなた公安ね」

千晶が眦《まなじり》を吊《つ》り上げた。

「公安が、与党幹事長に足なんか掛けねぇだろうよ。極道よ。十億かっぱらいに来た」

神野は床を蹴り、ジャンプし、空中で足を回転させた。ストレッチャーに積まれたトランクを一個、蹴り飛ばす。革靴の尖端《せんたん》が留め金にヒットした。

「うわぁ」

後藤の脇に、口の開いたトランクが落下する。札束が宙を舞い、後藤に振りかかった。

神野の眼鏡についたカメラがその様子を、収録しているはずだ。最高にヤバイ映像が撮れているはずだ。

「きさま、わしが誰かわかっておるのか。警視総監でも警察庁長官でも動かせるのだぞ」

輝く大理石の床に倒れ込み、膝を摩《さす》っている後藤が唇を震わせながら言っている。

「だったら、今すぐ、ここに捜査一課《ソウイチ》でも組対課《マルボウ》でも、呼べや。救急隊員のコスプレをした幹事長が札に塗《まみ》れている姿を見たら、何と思うだろうな。捜査二課《ソウニ》や検察の特捜が、小躍りするぞ。何なら、国税にも電話すっか?」

神野はまくし立てた。経済犯が最も恐れるのは、国税だ。彼らは刑事訴訟とは全く別に、重加算税をきっちり取りに来る。払わなければ、有無を言わせず差し押さえに来る。ある意味、警察よりも非情だ。

「それだけはやめてくれ」

中本が頭を掻きむしりながら、千晶の方を向く。

「ど、どうするんだよ」

「ちっ。こいつを、ここの庭に埋めちゃうしかないでしょう」

エントランスの脇にある、階段から、戦闘服を着た男たちが十人ほど降りてきた。いずれも鉄パイプを握っている。またもや上野の儀銅鑼のようだ。

「殺しちゃっていいんですよね」

先頭の丸坊主に口髭《くちひげ》をはやした男が、鉄パイプを突いてきた。尖端が槍《やり》のように削られている。

神野は跳び退《の》いた。

「おめぇ、戦国武将かよ」

「うるせっ。死にやがれ」

さらに突いてくる。

今度は横に逃げた。

この間に、後藤は這《は》うように庭へ逃げた。救急隊員に化けた三人も退散していった。神野にとっては、すでに用済みの相手だった。

映像が撮れ、金が残っていれば問題ない。

それよりも、間合いを詰められないように、左右に動き回った。儀銅鑼のメンバーはいずれも鉄槍を構えて、包囲してくる。

胸を一突きされれば、即死であろう。だが、神野は、恐怖心を抱かなかった。

刺されたら、その柄を取ればいい。

「うりゃぁあ」

リーダー格の坊主頭が、よだれを飛ばしながら突っ込んできた。

槍よりも、飛沫が怖い。

そんなことを考えながら、身体を屈《かが》めた。槍が空を切っていく。

今度は、右サイドから別の槍が飛んできた。腰骨のあたりがチクリとした。そこは弱い。神野の足が縺《もつ》れた。

別なひとりが、胸を突いてきた。尖端が胸に潜りこむ。防弾防刃ベストを装着していた。胸板が厚くなって見えたのはそのせいだ。

神野はその柄を握った。

そのときだ。

「とどめ、もらった」

坊主頭が、ジャンプし頭上から垂直に槍を落としてきた。頭頂部は防御しきれない。

「ううっ」

唸《うな》った直後だった。門の方から、轟音《ごうおん》が鳴り響いてきた。救急車の横幅分だけ開けてあった鉄柵門扉が、引きちぎられるような音だ。やりの尖端がぶれる。神野は辛くも尖端を避けた。肩を軽く突かれただけで済んだ。

「うわぁあああああああ」

逃げ出そうとしていた、偽装救急隊員の悲鳴が上がる。

神野は床を回転しながら、門の方を見やった。

深緑色のボンネットトラックが、門扉の一部を引きずったまま、車寄せに乗り上げてきた。まるで装甲車だ。

すぐに助手席から内川が飛びおりてくる。

発煙筒を持っていた。いきなりエントランスに投げ込んでくる。オレンジ色の発煙筒だった。たなびく炎に見える。続けて、内川は、何本も投げ込んでくる。黒煙、白煙、紫煙だ。

関東舞闘会、お家芸のファイアー&ウォーター工作の、火祭りが始まった瞬間だった。

中本が悲鳴を上げている。

「やめてくれ、そんなことをするのは、やめてくれ」

「儀銅鑼、何をしてるのよ。さっさとこいつらを殺しちゃってよ」

千晶も顔を歪《ゆが》めている。

「なんだてめぇら」

儀銅鑼のメンバーたちが車寄せまで、躍り出た。トラックの荷台から、神野組の若衆たちが登場した。三十人はいる。

全員、革の手袋でペットボトルのネックを握っている。キャップはすでに外してある。

「槍なんかこわくねぇよ。お前らこそ焼け死ね」

三十人がいきなりペットボトルをアンダースローで放り投げた。乾いた夜空に湯気を上げた放物線が舞う。

「ぎゃぁあああ、熱っ、熱いよ」

「か、顔が溶ける」

閑静な庭先に、狂乱の声が上がった。ペットボトルの中身は、百度の熱湯だった。被《かぶ》った者の顔はすぐにケロイド状に爛《ただ》れてしまう。

儀銅鑼はたちまち、そこら中に転がり、顔や手を押さえて泣き叫び始めた。

「おい金を積みこめっ」

ボンネットトラックから黒井が降りてきた。

「へいっ」

若い衆が、ストレッチャーに載せられているトランクをトラックの荷台へと運び始めた。ばら撒《ま》かれた札束も回収されている。

「残った連中は、もっと奥まで発煙筒を投げ込め。特に二階、目立つようにやれや」

「へいっ」

「わかりましたっ」

内川に続いて、若い衆たちが、発煙筒入りの箱を抱えながら、館内に進んでいった。

「始末は、東京消防庁に、任せよう。水浸しにしながら、あいつらは壁の裏まですべて調べてくれるさ」

黒井が笑った。ファイアー&ウォーター工作の、ウォーター部分は、常に東京消防庁に任せることにしていた。

奴らが、ガサ入れ出来る口実を作ってやるだけでいいのだ。警察は、令状なしに家宅捜索は出来ないが、消防は火の手さえ上がれば、踏み込むことが出来る。

それが狙いだ。

すでに、二階の窓から、オレンジ色の煙と黒煙が混じって上がっていた。どう見ても火災だ。

火災報知器が鳴り響いている。消防車がもうじきやって来る。

「ずらかるぞ」

黒井が言った。

と、そのとき、千晶が庭を横切る姿が見えた。門柱の傍《そば》にバイクが置いてある。古い形のハーレーダビッドソンだ。

すでに銀色のヘルメットを被っている。ゴーグル付きのオールドタイプだ。

「あの女、泣かせておく必要がありますね。どれだけ日本の情報をかっぱいだのかも白状させないと」

神野はハーレーを指差しながら言った。

「警察庁の真木課長もかんかんだ。お漏らしするぐらい怖がらせてくれと」

黒井がポケットからナイフを取り出し、手渡してくれた。桜田マキの本名がようやくわかった。

「了解しました。お漏らしさせちゃいます。晴海《はるみ》の部屋、借りていいですか？」

「好きに使えよ」

神野は走った。途中で、偽装救急隊員が落としていったヘルメットを拾った。

千晶がすでにハーレーに跨《また》がっている。轟音を鳴らして門から出ていこうとしていた。逃がしてたまるか。

6

ペルソナ迎賓館の前の通りに飛び出したハーレーの後部席へ、神野はどうにか飛び乗った。

いきなり背後から千晶のバストを揉んでやる。

「いや、何すんのよ。事故るわよ」

千晶が右手でアクセルをどんどん回転させている。ハーレーは日比谷通りを新橋側に向かっている。時速八十キロ。

「事故ろうが、死のうが構わねぇよ。後ろから突っ込んでやる」

神野は、黒のカーディガンを引きちぎった。

「な、なによ」

「あんたが、ひとり武漢マフィアなんだろう」

黒井から来ていたデータを伝える。

「そんなの知らないわよ」

千晶はさらに、アクセルを回す。時速九十キロ。ちょっとした小石に当たっても二輪は吹っ飛んでしまう速度だ。

両手に渾身《こんしん》の力を込めて、ワンピースの胸襟を破った。バックミラーにオレンジ色のブラジャーがまろび出た様子が映っている。縁がレースの感触だ。

「うそぉおおお」

「スリーパーセルの工作員も、バイクの上で犯される訓練は受けていないだろう」

「なんてこと」

極道はとにかく女はまず犯すものだと仕込まれている。

千晶のブラジャーはフロントホックではなかった。面倒くさいので神野はブラカップをずり下げた。対向車のトラックのヘッドライトが、バストを照らす。トラックの運転手に、乳首が丸見えになったはずだ。

いかれたカップルが遊んでいるのだろうと、勘違いしたらしく、トラックは派手にクラクションを二度鳴らした。

「いやあああああ」

千晶は左手を離し、肘でバスト・トップを隠そうとした。ハーレーがぐらりと揺れる。本能的にブレーキを踏んだらしく一気に減速する。

「止まるなっ。走れっ」

耳もとで凄《すご》み、脇腹にナイフを突き立てた。

「いやっ」

千晶は左手を戻し、ハーレーを立て直した。

「いいか、日比谷の交差点を右折して晴海に向かえ。こっちはヤクザだ。殺しは勲章だ」

日比谷公園の先、ペニンシュラホテルの前を右折し、ハーレーは晴海通りに入った。不二家の前を越えたところで、ワンピースの下半身部分を切った。切れ端があっけなく後方に飛んでいく。後方からでもパンティが丸見えになった。ブラと同じオレンジ色だった。

「お願い、セックスでもなんでもするから、走行しながら危険なことはしないで」

「うるせえっ」

パンティの腰骨のあたり左右、順に切る。股布だけが、サドルに接している状態だ。正面から見たら、陰毛が見えるだろう。

「競馬の騎手が追い込みをかけるときのように、尻を上げろ」

　銀座四丁目、和光の時計台を見上げながら、神野は肉棒を取り出した。さっき、ペルソナのサロンで、淫靡《いんび》な様子を見てからずっと半勃《はんだ》ちだった。

　いまは硬直し筋を浮かべている。

「まさか」

「そのまさかだよ」

「いやっ」

　銀座の風景が飛んでいく。

「上げなきゃ、ナイフでクリトリスを切り取る」

　これも極道の得意な脅しだ。神野は、ナイフを股布とサドルの間に挿し込んだ。

「待って、待って、待って、あんた完全に狂っている」

「そういう相手への説得工作は習っていねぇのかよ」

「私、工作員なんかじゃないってばっ」

　神野は、思い切り、千晶の後頭部を叩いた。

「あっ」

前のめりになって尻が浮いた。その瞬間にピンク色の渓谷に真っ黒な肉棒を沈めた。ずっぽり、根元まで挿入した。

「うそぉぉおおお。絶対おかしい。これ、絶対ありえない」

「止まるんじゃない」

肉棒を、抽送しながら、ナイフを喉仏に当てた。千晶の膣がキュウっと窄《すぼ》まった。ちょうど、勝鬨橋《かちどきばし》を渡るときに、神野は千晶の中にしぶいた。すっきりした。脅しはこれからだ。

「そこを左だ」

晴海に入ったところで、細かく道を指示した。

三分後。

神野は、完成したものの、未入居のタワーマンションの最上階にいた。

「お願い。私、あんたの情婦《おんな》になる。だから、もう、怖いことはしないで」

台車にM字開脚で括《くく》りつけられた千晶が、泣き叫んでいる。英才教育を受けた中国情報機関の工作員の話に耳を傾ける気はない。

神野は、嵌め殺しのガラス窓を、ハンマーで叩き割った。この部屋は、隠れ家のひとつとして黒井が購入していたものだ。部屋中に武器が置いてある。

開いた窓から、東京オリンピックで使用される予定だったいくつかの施設が見おろせた。そもそも室内から夜景を楽しむための部屋なので、ベランダはない。

「本名は？」

神野は、窓に向けて台車を蹴った。歌舞伎町のビルの屋上よりも数倍高い。

「やめてっ、あぁあああ」

ロープが伸び切った。台車の尖端が、窓からはみ出たところで、止まった。

「小野小町《おののこまち》」

もう一度引き、今度はロープを伸ばす。

「本名と工作機関名を」

言いながら揺らす。

「あの、脅すつもりで間違えて、本当に転落死させたらどうするのよ？」

「業務上過失致死。極道業界ではよくあることだ」

ポーンと蹴った。

「うわぁあああああ」

台車の半分が夜空に飛び出した。

「上野百合《うえのゆり》。上海《シャンハイ》ドットＣ」

百合は放尿していた。

「ペルソナの、日本での役目は？」

引き戻しながら聞いた。

「派遣先企業からの情報を集めて、北京に渡すこと。精密機器情報などかなりとれています」

百合は、頭を垂れて鼻水をたらしていた。

「日本の政治家との絡みは？」

「立共党の……」

数名の名前が出て来た。おそらく本当だろう。

他にも、スリーパーセルとして育てられた芸能人やスポーツ選手も大勢いた。

それらのインフルエンサーが情報の印象操作をしたらどうなるか。部屋のマイクを通じて、黒井と菅沼が聞いているはずだ。

取り調べは三時間に及び、百合は完全に落ちた。

最後に神野は、ロープを最大限に伸ばした。

「俺の女にしてやる」

そういって、両手でめいっぱい押した。

窓の外に台車は完全に飛び出した。

「えっ、嘘っ、喋《しゃべ》ったのに」

百合は目を見開いた。すとんと落ちていく。ロープがスルスルと伸びていった。

百メートル下まで落ちた。

覗いてみると、十二階の窓から、真木洋子と河合杏奈が顔を出している。

「ホントに泣いて、お漏らししちゃっている」

スマホから、真木の声がする。

「内調か、警視庁で訓練し直すんでしょう」

「うん、とりあえず、警視庁に連れて帰る」

杏奈が手を伸ばして、百合を引き入れている。完全に気絶しているようだった。

神野は、しばらく眠ることにした。

7

一週間後。

民自党は総務会を開き、幹事長提案により、総裁選は両院議員と都道府県連の代表者による投票と決めた。

後藤は、みずからこの憎まれ役を買って出ることが、自らのスキャンダルの露見を食い止める唯一の方法だと知ったのだ。

内閣情報調査室《サイロ》のナンバー2菅沼は、すぐに官房長官、佐々木豊一の擁立に動いた。

佐々木がすぐに了承しないことは承知の上で口説いた。

黒井には菅沼の口説き文句がおおむね想像できた。

『長谷部さんをいったん休養させて、再び待望論が出るのを待ちましょう。私らが世論操作します』

そんなところだろう。

内調が手に入れたかったのは、後藤派と雷通である。この二つを手に入れることで、政界と官界のコントロールがしやすくなる。

果たして、佐々木は総裁選出馬を応諾した。

即座に、最大派閥の長谷部派（総裁派）、第二派閥の伊勢谷派（副総理派）、第四派閥の後藤派（幹事長派）が佐々木支持を表明したことにより、選挙の大勢は決した。

その月の中旬、佐々木総理が誕生した。同時に後藤の幹事長続投も決定する。鞭《むち》の次は飴《あめ》だ。

永田町の関心事は、解散総選挙だけに絞られることになった。


秋の気配がようやく肌で感じられるようになってきた、ある日の黄昏時。

「いよいよ俺らも、日本舞闘会を名乗る時期が近付いてきたようだな」

神野はパナマ帽の庇をあげ、通天閣《つうてんかく》を見上げた。夕陽《ゆうひ》が眩《まぶ》しかった。

黒井から、大阪制覇という大仕事を任されたのだ。

二〇二二年には、いよいよカジノ候補地は絞り込まれ、二〇二五年の開業を目指すことになる。大阪は候補地の中でも鉄板と言われている。

そしてその二〇二五年には大阪万博も開催される。どちらも東京五輪後の経済浮揚策として温存されていたものだが、ここへきて一気に注目が集まり始めている。

日本がコロナ禍から復活する唯一の起爆剤と捉えられるようになったからだ。

大阪を基盤とする政党の党勢もにわかに上昇している。次の総選挙では台風の目になる可能性もある。非リベラル勢力である。民自党としては、中道の公正党と共に、いつでも連立を組める形にしておきたい相手であった。

そして、利のある所には悪も集まる。いまのうちに、関東が手を入れておく必要があった。

「組長《カシラ》、あそこの串揚げ屋で飲んでいるの、あれ、関西威勢会《かんさいいせいかい》の藤本《ふじもと》じゃないですかね」

内川が歯を光らせた。

大阪制覇を祈願し、今回はダイヤモンドの総入れ歯に替えてきている。どうだダイヤだぜ、というあからさまな輝きは、いかにも大阪的で、スカしてなんぼのハマっ子である神野は苦笑するしかなかった。

内川の視線の先に、路上の縁台で若手五人とビールを飲んでいる男がいた。オールバックに偏光サングラス。白のダボシャツに茶色の腹巻で足を広げて飲んでいる。関西威勢会三次団体『浪翔組《なみしょうぐみ》』の若頭だ。

「イケてねぇな」

神野は、顎を撫でながら目を細めた。

「とりあえず、攫《さら》って、出方をみましょうよ。まさか新世界のど真ん中で、関東がゴロをまくとは、あいつらも思っていませんよ」

歌舞伎町と伊勢佐木町《いせざきちょう》から、総勢二百人の組員を連れてきている。

「なら、やるか」

神野は、通天閣に向けて、パナマ帽を放り投げた。高く舞い上がったパナマ帽がフリスビーのように旋回してきた。

それには、目もくれず、神野は藤本に飛び掛かった。

ステゴロ上等。

関東舞闘会、神野徹也が、天下布武へ向けて、拳を伸ばした瞬間だった。


（了）

本書は書下ろしです。

本作品はフィクションであり、実在の個人・団体とはいっさい関係ありません（編集部）

実業之日本社文庫　最新刊

井上ひさし
野球盲導犬チビの告白
打率四割七分四厘を残した盲目の天才打者登場！　謎に満ちた彼の生い立ち、驚愕の打法の秘密を、一匹の盲導犬が語る、奇想あふれる物語。（解説・菊池雄星）
い151

伊吹有喜
彼方の友へ
「友よ最上のものを」戦中の東京、雑誌づくりに情熱を抱いて歩む人々を、生き生きとした筆致で描く感動傑作。第158回直木賞候補作。（解説・瀧井朝世）
い161

倉阪鬼一郎
きずな水　人情料理わん屋
順風満帆のわん屋に、常連の同心が面白そうな話を持ち込む。ある大名の妙案で、泳ぎ、競馬、駆ける三種を三人一組で競い合うのはどうかと。江戸人情物語。

く48

沢里裕二
極道刑事　キングメーカーの野望
政界と大手広告代理店が絡んだ汚職を暴くため、神野が闇処理に動くが……。風俗専門美人刑事は、体当たりの潜入捜査で真実を追う。人気シリーズ第4弾！

さ312

知念実希人
崩れる脳を抱きしめて
研修医のもとに、彼女の死の知らせが届く……。愛した彼女は本当に死んだのか？　驚愕し、感動する、恋愛ミステリー。著者初の本屋大賞ノミネート作品！

ち16

堂場瞬一
1934年の地図　堂場瞬一スポーツ小説コレクション
元大リーガーのディックが二六年ぶりに京極の前に現れた。突然の来日の目的は!?　日米史の〝暗部〟に切り込む傑作エンタメ・サスペンス！（解説・池井優）
と116

実業之日本社文庫　最新刊

西川 司
異邦の仔 バイトで行ったイラクで地獄を見た

何者かに爆弾を仕掛けられ命を狙われた男の脳裏には、数十年前の中東イラクでの出来事が――テロリストの正体は!?　実体験を基に描いた迫真のサスペンス！

に8 1

西村京太郎
二つ《ダブル》の首相暗殺計画

総理大臣が入院している大病院の看護師殺人事件の裏に潜む、恐るべき陰謀とは!?　十津川警部が秘められた歴史と事件の扉をこじ開ける！（解説・山前 譲）

に1 23

三浦しをん
ぐるぐる♡博物館

人類史から秘宝館まで、博物館が大好きな著者がときに妄想を膨らませつつお宝や珍品に迫る。愛と好奇心が渦を巻く興奮のルポエッセイ！（解説・梯 久美子）

み10 1

宮下奈都
緑の庭で寝ころんで 完全版

愛する家族とのかけがえのない日々を、母として、作家として見つめ、あたたかい筆致で紡ぎ出す。単行本未収録のエッセイ二年分を追加収録した贅沢な一冊！

み2 4

モノカキ・アエル
くちぶえカルテット

――これが、私の「音」。声がコンプレックスな少女が、口笛を通して仲間と共に成長する爽やかな青春小説。Vtuber小説家、モノカキ・アエルデビュー作。

も9 1

星新一、森茉莉ほか
猫は神さまの贈り物〈小説編〉

わがままで、ままならない、猫といういきもの。作家は、そこに物語を見出してきた。思わず頬ずりしたくなる、個性と愛に溢れた猫小説集。（解説・井上荒野）

ん9 1

実業之日本社文庫　好評既刊

沢里裕二
処女刑事　歌舞伎町淫脈
純情美人刑事が歌舞伎町の巨悪に挑む。カラダを張った囮捜査で大ピンチ‼　団鬼六賞作家が描くハードボイルド・エロスの決定版。
さ31

沢里裕二
処女刑事　六本木vs歌舞伎町
現場で快感⁉　危険な媚薬を捜査すると、半グレ集団、芸能事務所、大手企業へと事件がつながり、大抗争に！　大人気警察官能小説第2弾！
さ32

沢里裕二
処女刑事　大阪バイブレーション
急増する外国人売春婦と、謎のペンライト。純情ミニパトガールが事件に巻き込まれる。性活安全課は真実を探り、巨悪に挑む。警察官能小説の大本命！
さ33

沢里裕二
処女刑事　横浜セクシーゾーン
カジノ法案成立により、利権の奪い合いが激しい横浜。性活安全課の真木洋子らは集団売春が行われるという花火大会へ。シリーズ最高のスリルと興奮！
さ34

沢里裕二
処女刑事　札幌ピンクアウト
カメラマン指原茉莉が攫われた。芸能プロ、婚活会社、半グレ集団、ラーメン屋の白人店員……事件はつながっていく。ダントツ人気の警察官能小説、札幌上陸！
さ36

沢里裕二
処女刑事　東京大開脚
新宿歌舞伎町でふたりの刑事が殉職した。その裏には、東京オリンピック目前の女子体操界を巻き込むスキャンダルが渦巻いていた。性安課総動員で事件を追う！
さ38

実業之日本社文庫　好評既刊

沢里裕二
処女刑事 性活安全課VS世界犯罪連合
札幌と東京に集まる犯罪者たち――。開会式を爆破!? 松重は爆発寸前!! 処女たちの飽くなき闘い。豪華キャストが夢の競演！ 真木洋子課長も再び危ない!?
さ310

沢里裕二
極道《クロ》刑事 新宿アンダーワールド
新宿歌舞伎町のホストクラブから女がさらわれた。拉致したのは横浜舞闘会の総長・黒井健人と若頭。しかし、ふたりの本当の目的は…。渾身の超絶警察小説。
さ35

沢里裕二
極道刑事 東京ノワール
渋谷百軒店で関西極道の事務所が爆破された。カチコミをかけたのは関東舞闘会。奴らはただの極道ではなかった…。「処女刑事」著者の新シリーズ第二弾！
さ37

沢里裕二
極道刑事 ミッドナイトシャッフル
新宿歌舞伎町のソープランドが、カチコミをかけられた。襲撃したのは上野の組の者。裏には地面師たちのたくらみがあった!? 大人気シリーズ第3弾！
さ39

安達 瑶
悪徳《ブラック》探偵
『悪漢刑事』で人気の著者待望の新シリーズ！ 消えたAV女優の行方は？ リベンジポルノの犯人は？ ブラック過ぎる探偵社の面々が真相に迫る！
あ81

安達 瑶
悪徳《ブラック》探偵 お礼がしたいの
見習い探偵を待っているのはワルい奴らと甘い誘惑!? ――エロス、ユーモア、サスペンスがハーモニーを奏でる満足度120%の痛快シリーズ第2弾！
あ82

実業之日本社文庫　好評既刊

悪徳《ブラック》探偵　忖度したいの
安達瑶

探偵&悩殺美女が、町おこしでスキャンダル勃発！　甘い誘惑と、謎の組織の影が——エロス、ユーモア、サスペンスと三拍子揃ったシリーズ第三弾！

あ83

悪徳《ブラック》探偵　お泊りしたいの
安達瑶

民泊、寝台列車、豪華客船……ヤクザ社長×悩殺美女が旅行業に乗り出した！　旅先の美女の誘惑に抗えない飯倉だが——絶好調悪徳探偵シリーズ第4弾！

あ84

悪徳《ブラック》探偵　ドッキリしたいの
安達瑶

ブラックフィールド探偵事務所が芸能界に進出！　人気上昇中の所属アイドルに魔の手が……!?　エロスとユーモア満点の絶好調のシリーズ第五弾！

あ85

悪女列車
安達瑶

間違って女性専用車両に飛び乗ってしまった僕。通勤電車、新幹線、寝台特急……機密情報入りのUSBを持って鉄路で逃げる謎の美女を追え！

あ86

堕落男《だらくもの》
草凪優

不幸のどん底で男は、惚れた女たちに会いに行く——。堕落男が追い求める本物の恋。超人気官能作家が描くセンチメンタル・エロス！（解説・池上冬樹）

く61

悪い女
草凪優

「セックスは最高だが、性格は最低」。不倫、略奪愛、修羅場を愛する女は、やがてトラブルに巻き込まれて——。究極の愛、セックスとは!?（解説・池上冬樹）

く62

実業之日本社文庫　好評既刊

葉月奏太
人妻合宿免許
独身中年・吉岡大吉は、配属変更で運転免許が必要になり合宿免許へ。色白の未亡人、セクシー美人教官、黒髪の人妻と…。心温まるほっこり官能！

は68

葉月奏太
盗撮コネクション　復讐代行屋・矢島香澄
洋品店の中年店主は、借金返済のためとそそのかされ、盗撮を行う。店主の妻は盗撮され、脅される。店主は自殺を決意し……。どんでん返し超官能サスペンス！

は69

花房観音
寂花《じゃっか》の雫《しずく》
京都・大原の里で亡き夫を想い続ける宿の女将と謎の男の恋模様を抒情豊かに描く、話題の団鬼六賞作家の初文庫書き下ろし性愛小説！（解説・桜木紫乃）
は21

花房観音
萌えいづる
『女の庭』をはじめ、話題作を発表し続けている団鬼六賞作家が、平家物語をモチーフに、京都に生きる女たちの性愛をしっとりと描く、傑作官能小説！

は22

花房観音
半乳捕物帖
茶屋の看板娘のお七は、夜になると襟元から豊かな胸をのぞかせ十手を握る。色坊主を追って、江戸城大奥に潜入するが――やみつきになる艶笑時代小説！

は23

花房観音
紫の女《ひと》
「源氏物語」をモチーフに描く、禁断の三角関係。若い部下に妻を寝取られた夫の驚愕の提案とは（「若菜」）。粒ぞろいの七編を収録。（解説・大塚ひかり）
は24

実業之日本社文庫　好評既刊

花房観音
好色入道
京都の「闇」を探ろうと、元女子アナウンサーが怪僧・秀建に接近するが、秘密の館で身も心も裸にされてしまい――。痛快エンタメ長編！（解説・中村淳彦）
は25

花房観音
秘めゆり
「夫と私、どちらが気持ちいい？」――男と女、女と女が秘める恋。万葉集から岡本かの子まで、和歌を題材にとった極上の性愛短編集。（解説・及川眠子）
は26

深町秋生
死は望むところ
神奈川県の山中で女刑事らが殲滅された。急襲したのは、武装犯罪組織・栄グループ。警視庁特捜隊は仲間を殺戮され、復讐を期す。血まみれの暗黒警察小説！

ふ51

矢月秀作
いかさま
拳はワルに、庶民にはいたわりを。よろず相談所所長・藤堂廉治に持ち込まれた事件は、腕っぷしで一発解決。ハードアクション痛快作。（解説・細谷正充）
や51

桜木紫乃、花房観音 ほか
果てる　性愛小説アンソロジー
溺れたい。それだけなのに――人生の「果て」に直面し、夜の底で求め合う女と男。実力派女性作家が狂おしい愛と性のかたちを濃密に描いた7つの物語。

ん41

芥川龍之介、谷崎潤一郎ほか／末國善己編
文豪エロティカル
文豪の独創的な表現が、想像力をかきたてる。川端康成、太宰治、坂口安吾など、近代文学の流れを作った十人の文豪によるエロティカル小説集。五感を刺激！

ん42

実業之日本社文庫 さ312

極道刑事《クロデカ》　キングメーカーの野望《やぼう》

2020年10月15日　初版第1刷発行

著　者　沢里裕二《さわさとゆうじ》

発行者　岩野裕一
発行所　株式会社実業之日本社
〒107-0062　東京都港区南青山5-4-30
CoSTUME NATIONAL Aoyama Complex 2F
電話［編集］03(6809)0473［販売］03(6809)0495
ホームページ　https://www.j-n.co.jp/
DTP　ラッシュ
印刷所　大日本印刷株式会社
製本所　大日本印刷株式会社

フォーマットデザイン　鈴木正道（Suzuki Design）

ISBN978-4-408-55618-5（第二文芸）